Lucia Vaccarino

Brivido a Halloween

Illustrazioni di **Paola Antista**

FABBRI EDITORI

Prologo

Il Kent, in autunno, era un tripudio di colori caldi e vivaci come una coperta patchwork. Le foglie, di un bel verde brillante in estate, erano passate dal giallo all'arancione, fino al rosso acceso.

La natura sembrava pervasa da un fuocherello scoppiettante ed evocava l'immagine di caminetti accesi, castagne arrosto e profumo di legna.

Ma nonostante questo paesaggio rassicurante, il giovane meccanico Phil rabbrividì, e non per l'aria frescolina. «Ma dico io, con tutti i posti che ci sono, proprio là doveva andare a fermarsi il maggiolone scassato di quelle rompiscatole delle Wright?» sbuffò il ragazzo, manovrando abilmente il carro attrezzi dell'autofficina per le strette strade di campagna che circondavano Blossom Creek.

Phil, nato e cresciuto in quel paesino, ne conosceva i dintorni come le proprie tasche. E non c'era nessun posto in cui non sapesse guidare il suo fidato carro attrezzi. Tra fossi, sterrate e foschia autunnale, capitava spesso di dover andare a recuperare qualche improvvido autista finito fuori strada.

Il ragazzo amava guidare quasi quanto amava smontare motori, sporcarsi di olio e risolvere i guasti, per questo aveva deciso di fare il meccanico, e continuava a considerarlo il lavoro più bello del mondo.

A parte quando questo lavoro lo costringeva a spingersi in luoghi come quello in cui stava andando in quel momento.

«Basterà non guardare in alto, in cima alla collina...» cercò di farsi coraggio Phil, parlando da solo ad alta voce, come faceva spesso quando era al volante. «Certo, se almeno non mancasse meno di una settimana a Halloween...»

Mentre avanzava, rimuginando foschi pensieri, vide finalmente, ai piedi della collina, la carrozzeria di un'automobile color carta da zucchero e, avvicinandosi, due figure che lo salutavano agitando le braccia. Una era una donna giovane, dai capelli corti e scuri, che indossava un cappottino viola e un cappellino *rétro*, di quelli portati dai francesi nei vecchi film in bianco e nero. L'altra era una ragazzina bionda, in jeans, con un giubbotto arancione. Proprio quelle due attira-guai delle Wright.

«Grazie di essere arrivato così in fretta, Phil. Il nostro maggiolone si è fermato di nuovo!» si lamentò Linda, la madre.

«Forse è il caso di mandarlo in pensione...» sbuffò Emily, la figlia, evidentemente contrariata.

Phil intanto cercò di ignorare la sensazione di gelo alla base della nuca, ma la verità era che si sentiva osservato da qualcosa di antico e maligno.

"Non guardare in alto. Non guardare in alto" pensò, e poi, cercando di arginare un lieve tremito nella voce, disse: «Togliamolo di qui alla svelta. Lo trainerò in officina».

Prima che le due potessero rispondere, saltò giù dal carro attrezzi e ancorò il pesante gancio al maggiolone.

"Nonguardareinalto..."

Quando ebbe finito di assicurare la vettura al carro attrezzi, Phil fece un cenno alle Wright. «Forza, salite su con me, nell'abitacolo del carro attrezzi ci si sta anche in tre.»

"E non sono dell'umore di restare solo" aggiunse mentalmente.

Un secondo prima di ripartire, però, come per un gesto rimandato ma inevitabile, come quando si cerca il dente dolente con la lingua per vedere se fa ancora male, Phil alzò gli occhi verso la cima della collina. Harlow House, la vecchia casa stregata, era sempre là in alto, maligna e oscura.

La leggenda voleva che fosse abitata dallo spirito del vecchio proprietario, il signor Harlow. Da ragazzino, Phil aveva riso di quelle superstizioni. Ma poi era arrivato il suo turno, come per tutti a Blossom Creek, di fare una prova di coraggio. E una volta entrato in quella casa non aveva riso più.

C'era davvero lo spirito del signor Harlow, Phil l'aveva incontrato, e aveva avuto così paura da non raccontarlo mai a nessuno.

Il giovane meccanico si chiuse nell'abitacolo del carro attrezzi, tirando un sospiro di sollievo, e mise in moto. Fra poco si sarebbe allontanato e avrebbe iniziato a sentirsi molto meglio, si disse.

Per fortuna, resistette alla tentazione di lanciare

un'ultima occhiata verso la vecchia casa diroccata in cima alla collina, perché altrimenti avrebbe rischiato di svenire al volante.

Una luce si era accesa alle finestre di Harlow House, che sembravano maligni occhi puntati sul paese di Blossom Creek.

Mamma,
mandiamo
in pensione il
maggiolone?

Emily,
hai visto
i miei guanti
verde salvia?

brrr... al cimitero
a Halloween!

una scorciatoia
per coraggiosi!

1. Il patto del cimitero

Emily si aggiustò la sciarpa al collo, cercando di combattere il freddo pungente che era calato da qualche giorno su Blossom Creek. Una distesa di foglie secche copriva le stradine di campagna, rendendo tutto più scivoloso. Pedalare in quelle condizioni era un po' meno piacevole del solito, ma la ragazzina notò orgogliosa di essere ormai in grado di stare dietro a Jamie senza arrancare troppo. A vederla circolare così spedita, si sarebbe detto che scorrazzasse per quelle stradine da sempre, proprio come l'amico, e invece era solo da pochi mesi che lei e sua madre si erano trasferite lì da Londra.

«Però Sherlock Holmes non fa mica paura!» osservò Jamie, riemergendo dai propri pensieri.

I due amici erano andati a Oaktown, il paese vicino, a comprare i costumi per Halloween, ed Emily non aveva avuto dubbi: non appena aveva visto la mantella, il cappello da caccia e la lente d'ingrandimento con i quali di solito veniva raffigurato il grande investigatore, si era convinta che il suo travestimento sarebbe stato proprio quello.

«Be', perché, il tuo costume da pirata fa paura?»

«Certo! È il terrore dei sette mari!»

«Allora anche Sherlock Holmes è l'incubo dei malviventi!»

«Be', comunque sia, ti sta bene. Dovresti metterlo sempre, quando indaghi» ridacchiò Jamie.

Emily gli rispose con una boccaccia. Gli investigatori non andavano certo in giro con buffi cappelli e lenti d'ingrandimento, quella era una cosa da vecchi film! Lei personalmente preferiva di gran lunga indossare jeans, scarpe da ginnastica e felpe comode, meglio se a righe. Già, perché Emily era una vera detective, ormai famosa in tutto il circondario per i suoi successi investigativi. Pochi mesi prima aveva ereditato dal suo bizzarro zio Orville, scomparso durante un nubifragio, l'attività di famiglia: l'Agenzia Investigativa Wright. E insieme a sua madre Linda si era trasferita a Blossom Creek, al numero 1 di Oak Road, scoprendo di avere un vero talento per risolvere casi misteriosi.

«Che fai, rallenti?» disse Emily, notando che Jamie stava pedalando decisamente piano rispetto ai suoi standard. «Dai che ci aspettano tutti all'emporio, è quasi ora di merenda!»

«È che con queste foglie è scivoloso e...» farfugliò Jamie.

Capitolo 1

Emily guardò la strada che curvava dolcemente tra due filari di alberi. Poco più in là, racchiuso da un'imponente ma un po' sbilenca cancellata in ferro battuto, c'era il piccolo cimitero del paese. Emily represse un brivido lungo la schiena. Non era il tipo da farsi impressionare da quelle fesserie, era troppo razionale per credere ai fantasmi, ma doveva ammettere che fra la nebbiolina, le foglie secche, il silenzio della campagna e l'avvicinarsi della notte di Halloween quel luogo le faceva un certo effetto. Si affiancò a Jamie, e con la coda dell'occhio colse un'espressione buffa sul viso dell'amico.

«Stai facendo le boccacce?» chiese, con una risatina che le uscì un po' strozzata.

«Io? No...» si affrettò a negare Jamie.

Una volta le aveva confidato che quando si trovava in una situazione da film horror, per esempio se sentiva un rumore sospetto nel cuore della notte, o quando rincasava prima di cena nelle buie sere d'inverno, faceva le boccacce. "Si è mai vista la vittima di un film horror che fa le boccacce prima di essere catturata dal mostro?" le aveva spiegato Jamie con aria serissima. "Se faccio le boccacce, la situazione non è più quella tipica da film horror, e posso tornare a casa tranquillo!"

Quella sera, però, la sensazione di gelo lungo la schiena non voleva andarsene. Emily si sentiva come osservata. Quasi senza accorgersene, intonò un motivetto a mezza voce.

«Cosa fai, canti?» chiese Jamie, guardandola sorpreso.

«Be'?»

«Non lo fai mai... Comunque, io mi sento osservato.»

Uuuhhh!

Emily e Jamie frenarono di colpo.

«L'hai sentito anche tu?»

«Ci sono... i lupi, a Blossom Creek?»

Jamie scosse la testa, pallidissimo. «Al massimo qualche tasso. E una volta il signor Mott ha visto una volpe.»

«Che facciamo?»

«Pedaliamo!» esclamò Jamie, alzandosi in piedi sui pedali e scattando in avanti.

Emily seguì il suo esempio. Ancora pochi metri e avrebbero superato il cancello del cimitero. Un'altra curva e sarebbero stati in paese, e avrebbero sorseggiato una cioccolata calda ridendoci sopra.

Uuuhhh!

Di colpo due figure bianche balzarono fuori dal cancello del cimitero, parandosi davanti a loro e agitandosi come spiriti dannati.

Jamie inchiodò, ed Emily quasi finì nel fosso per evitarlo.

«Uuuh, ahahah, che ridere!» esclamò una voce familiare, proveniente da quello che, a guardarlo meglio, era solo un lenzuolo con due buchi per gli occhi.

«Dovreste vedere le vostre facce!» aggiunse un'altra voce, sotto un identico lenzuolo bucato.

«Scott e Riley?!» esclamò Emily sorpresa, cercando di sembrare più arrabbiata che sollevata.

«Ma brutti scemi con un brufolo al posto del cervello!» sbottò Jamie, rivolto ai suoi due amici di sempre.

«Eddai, Scheggia, non te la prendere...» ridacchiò Riley, emergendo da sotto il lenzuolo.

«Già, non volevamo certo fare uno scherzo a voi due» disse Scott scoprendosi il viso. «Cioè, non lo sapevamo che sareste passati proprio voi... è da due ore che stavamo gelando, nell'attesa che passasse qualcuno! Io speravo che fosse Patricia Prentiss, quella montata di terza media, che abita proprio in fondo di là.»

«Io speravo che fosse il professor Bloom» ridacchiò Riley, guardandoli con i suoi occhi azzurro ghiaccio. «E poi non avrete mica avuto così paura...»

«Paura? Noi?» rispose Emily, facendo la sostenuta.

«Nooo» le diede man forte Jamie. «Al massimo, paura di finire nel fosso. Come vi è saltato in mente di buttarvi in mezzo alla strada con dei lenzuoli in testa?!»

«Dai, lasciate stare, ci dispiace, ok?» rispose Riley. «Vi va di fare un giro nel cimitero? Con questa nebbia sembra proprio il set di un film horror!»

Scott annuì e si esibì nell'imitazione di uno zombie.

«Magari un'altra volta. Siamo già in ritardo, mia madre e gli altri ci aspettano all'emporio» svicolò Emily.

«Già, dobbiamo andare» confermò Jamie.

«Sicuri di non avere paura?» chiese Scott, tendendo le braccia in avanti in posa da non-morto. «Eddai, Lenticchia, Scheggia, non fate i fifoni... sarà divertente!»

Jamie gli lanciò un'occhiataccia. «Fifone a me? Vediamo un po' chi è il fifone! Il cimitero di Blossom Creek non fa paura a nessuno.»

Emily lanciò un'occhiata oltre il cancello. Effettivamente, a guardarlo bene, era un luogo ordinato, curato e pieno di fiori.

«Ho io in mente una bella sfida» insistette Jamie, ormai del tutto rinfrancato, protendendosi con aria ammiccante oltre il manubrio della bici. «Anzi, la Sfida.»

«La Sfida?» fece Riley, indietreggiando di un passo.

«*Quella* Sfida?» disse Scott, deglutendo rumorosamente.

«Ehi, ragazzi! Volete spiegare anche a me di cosa state parlando?» sbuffò Emily, incrociando le braccia. I suoi tre amici si conoscevano fin dalla primissima infanzia, e ogni tanto le sembrava che parlassero un codice incomprensibile a una nuova arrivata come lei.

«Di Harlow House» risposero tutti e tre in coro, con voce lugubre.

Capitolo 1

«Harlow House?» rispose Emily, perplessa. «Quella catapecchia diroccata in cima alla collina? La macchina di mia madre si è fermata lì sotto, l'altro giorno...»

«Siete fortunate a essere ancora vive» sibilò Scott. «Lì c'è lo spirito del vecchio signor Harlow, che odiava tutti gli abitanti di Blossom Creek quando era vivo, e li odia ancora adesso che è morto!»

«Ma dai, una casa infestata?!» ridacchiò Emily. «Dopo il caso di Sherrington Lodge dovreste sapere come la penso a riguardo...» aggiunse, alludendo al primo caso che aveva risolto dopo aver ereditato l'Agenzia Wright.

«No, aspetta, questo è diverso» si affrettò a spiegare Jamie. «Tutti i ragazzi di Blossom Creek prima o poi vanno a Harlow House. È la Sfida. Bisogna entrare e rimanere dentro per almeno cinque minuti.»

«Ah, un rito d'iniziazione» fece Emily, con aria erudita. Aveva da poco trovato, nella fornitissima libreria di zio Orville, un interessante trattato di antropologia, che spiegava tra l'altro come in tutte le culture esistessero delle prove di coraggio che segnavano il passaggio dall'infanzia all'età adulta. Una delle massime di zio Orville era: "Per comprendere i criminali bisogna studiare la natura umana", ed Emily si stava applicando molto.

«È deciso, ci andremo stanotte!» si entusiasmò Jamie,

ostentando sicurezza per cancellare la figuraccia di poco prima.

«Stanotte?!» esclamò Emily. «Mia madre non mi darà mai il permesso...»

«E tu allora non glielo chiedi» ribatté Jamie facendole l'occhiolino. «Ci troviamo davanti alla pietra miliare sotto il vecchio olmo, alle undici di questa notte.»

Jamie protese la mano destra e gli altri due si affrettarono a sovrapporvi le proprie. Emily scrollò le spalle, allungò a sua volta una mano e suggellò il patto.

«Finalmente siete arrivati! Iniziavamo a preoccuparci...» disse Linda quando Emily e Jamie entrarono nell'emporio.

Il negozio era tutto addobbato di nero e arancione. Sul bancone erano esposti in bella mostra una serie di dolcetti a base di zucca e dal soffitto pendevano finte ragnatele e finti pipistrelli, secondo il gusto, un po' eccessivo, dell'eccentrica proprietaria dell'emporio, Roxi Flint.

Seduti al loro tavolino preferito, insieme a Linda c'erano Peggotty, Albert e Fred, i tre anziani e arzilli amici che avevano aiutato a risolvere molti casi dell'Agenzia Wright.

«Non offendetevi, abbiamo già iniziato» li salutò Peggotty, alzando una tazza di tè come per fare un brindisi.

Sul tavolino erano disposte tazze e piattini, tra zuccherini a forma di pipistrello, tortine decorate con cappelli da strega fatti di cioccolato e fantasmi di marshmallow.

«Certo che no, nonna» rispose Jamie. «Scusate, abbiamo incontrato Riley e Scott, e...»

«Wow, quante decorazioni!» esclamò Emily guardandosi attorno, cambiando argomento per paura che a lei o a Jamie sfuggisse qualcosa sul loro patto segreto.

«Già! E non abbiamo ancora finito!» confermò una voce alle sue spalle.

Emily si voltò e sorrise, tenendo aperta la porta per Matthew, il fratello di Roxi, che reggeva un cesto pieno di gigantesche zucche.

«Le migliori del mio orto» disse Matthew, che era il giardiniere di Blossom Creek. «Pronte per essere intagliate.»

«Mmh, sarebbero perfette per una zuppa, con un pizzico di coriandolo» osservò Linda, che ai dolcetti preferiva cibi più salutari, possibilmente esotici e dai nomi astrusi. Emily ridacchiò notando il sorriso della madre, che era rivolto non tanto alle appetitose zucche quanto all'aitante giardiniere.

Il papà di Emily era morto quando la ragazzina era piccola, e per molto tempo lei e la sua mamma erano rimaste da sole. Ma ora Linda sembrava pronta a rifarsi una vita dal punto di vista sentimentale. Matthew era un tipo in gamba, anche se un po' troppo timido per fare il primo passo, ed Emily stava iniziando ad abituarsi all'idea di avere finalmente qualcuno che fosse per lei un po' come un papà. Però...

Emily sbuffò, e non a causa di Linda e Matthew. Tutto quel pensare ad affari di cuore le aveva riportato alla mente un problema fastidioso, su cui si stava arrovellando da giorni senza trovare una spiegazione. Eppure un'investigatrice come lei, abituata a trovare soluzioni alle situazioni più complicate, non poteva certo fissarsi su qualcosa di così stupido...

«Allora? Fateci vedere questi costumi di Halloween!» esclamò Roxi, uscendo dalla cucina dell'emporio con un vassoio di sfogliatine a forma di mummia e riportando Emily al presente.

Jamie mostrò orgoglioso il proprio travestimento da pirata, riscuotendo un discreto successo fra i presenti. Quando fu la volta di Emily, il costume da Sherlock Holmes sollevò qualche perplessità.

«Be'?» rispose lei, un po' piccata.

«No, è bellissimo ma, come dire... non fa paura» azzardò Matthew.

«E poi non è un po' troppo... da maschio?» chiese Linda.

«Mamma, lo sai che non mi metterei mai uno di quegli affari tutti pizzi e tulle che piacciono a te» ribatté Emily, che giusto il giorno prima aveva aiutato Linda a confezionare il suo costume da strega.

Capitolo 1

«A me piace, è originale!» proclamò Roxi, entusiasta. «Di sicuro nessun altro ne avrà uno uguale, alla festa. Però, Emily cara, mi dispiace dirti che il più originale sarà il mio. Quest'anno vincerò di sicuro il premio per il costume migliore.»

«Da che cosa ti vesti?» chiese Jamie, incuriosito.

Roxi sorrise, con uno sguardo enigmatico e un po' buffo dietro gli occhialoni dalla montatura blu. «Ah, no, non voglio certo rovinarvi la sorpresa. Il mio vestito sarà il più spaventoso di tutti, altro che fantasmi e streghe! La signora Cray non potrà che premiare me. E non vi dico altro.»

Linda si lasciò scappare un sospiro. «Mah, siete proprio sicuri che io ed Emily dovremmo venire alla festa?»

«Mamma!» sbuffò la ragazzina, che aspettava quell'occasione con trepidazione. A scuola nessuno parlava d'altro da settimane, e ora che finalmente anche lei si stava integrando non poteva certo mancare a uno degli avvenimenti più amati di Blossom Creek.

«Perché non dovreste, cara?» chiese Peggotty, la più ragionevole e posata della comitiva. «Dopotutto avete ricevuto l'invito dal sindaco in persona.»

«In realtà da sua moglie» puntualizzò Emily, pensando alla signora robusta, strizzata in un tailleur firmato, i capelli biondo platino fissati in un'acconciatura a onde perfettamente resistenti alla gravità, che con un sorriso bianchissimo aveva consegnato loro, personalmente, la busta nera e argento contenente l'invito.

«Praticamente tutta Blossom Creek è invitata alla festa di Halloween a casa del sindaco Cray, è tradizione!» spiegò Fred per l'ennesima volta.

«Non so... è che il sindaco non ci sopporta dopo la spiacevole faccenda di Fairfield Cove, per non parlare di quanto è accaduto quest'estate, con la troupe televisiva...» rispose Linda, ripercorrendo alcune delle indagini dell'Agenzia Wright che più avevano infastidito il primo cittadino. «Ha anche minacciato di usare la licenza della nostra agenzia per accendere il caminetto!»

Emily incrociò le braccia, alzando un sopracciglio. «Magari è l'occasione buona per fare pace. E, per una volta, divertirsi un po' tutti insieme, mostrare il lato simpatico dell'Agenzia Investigativa Wright, farci un po' di pubblicità...»

Linda lanciò un'occhiata fintamente severa alla figlia. «Eh, no! Andremo alla festa, ma a una condizione: non parleremo di lavoro, indagini, casi risolti e investigazioni. Non possiamo certo far arrabbiare il sindaco a casa sua.»

«Ok, aggiudicato, niente lavoro» abbozzò Emily. Ma, forse per l'atmosfera tenebrosa di Halloween, un improvviso brivido le scivolò lungo la spina dorsale.

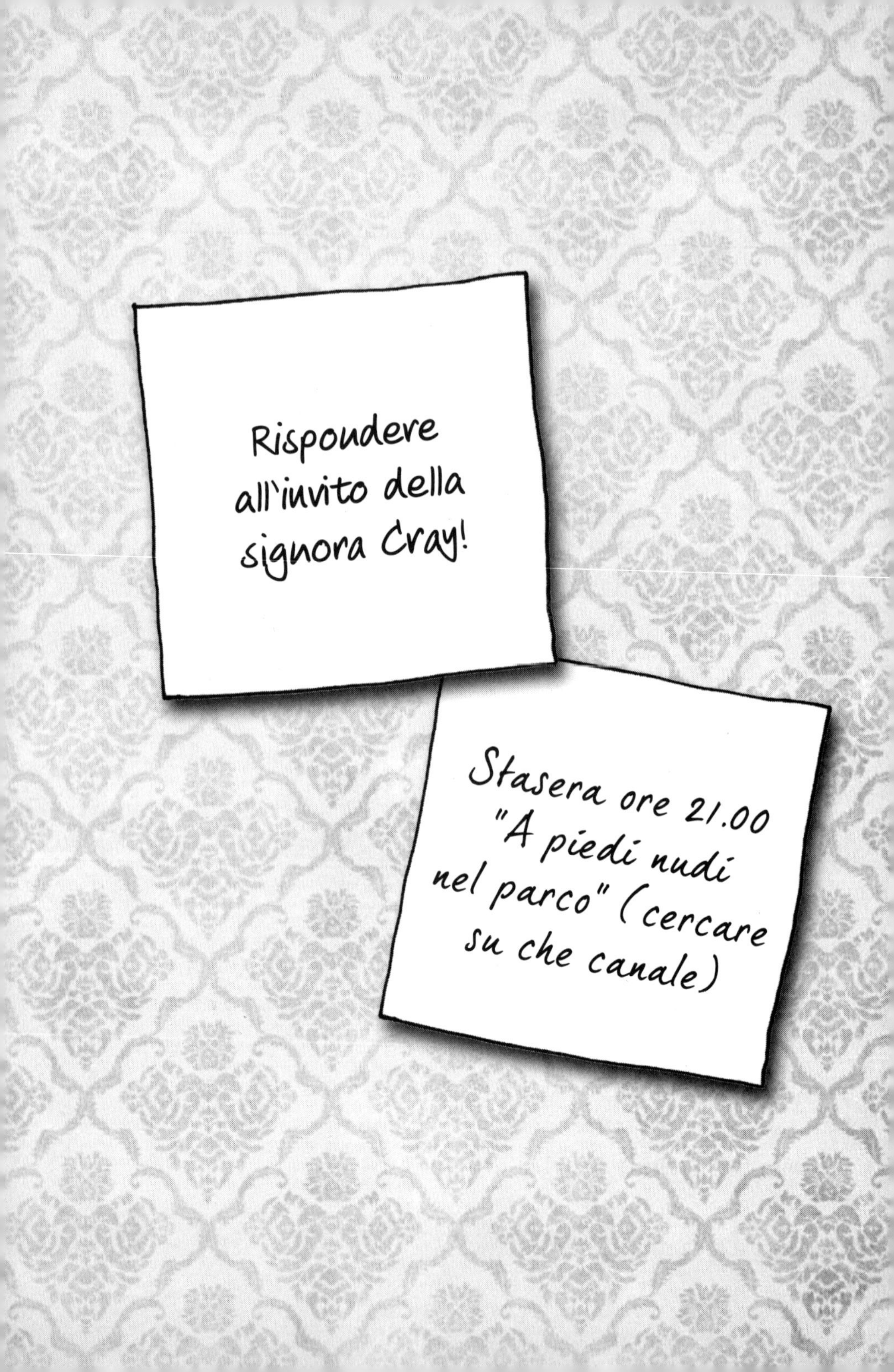
Rispondere all'invito della signora Cray!
Stasera ore 21.00 "A piedi nudi nel parco" (cercare su che canale)

appuntamento notturno!
per fortuna Scott ha pensato alle torce...

2. La casa stregata

Il vento, fuori dalla finestra, ululava lentamente ma con insistenza, facendo ticchettare contro i vetri dello studio i rami di gelsomino che ricoprivano la facciata del cottage. Emily, acciambellata su una delle rigide poltrone dello zio, stava cercando di finire il libro di antropologia. Era una lettura un po' difficile, non molto adatta a una ragazzina di prima media, ma poteva comunque contenere qualche passaggio interessante per la giovane detective. Quella sera, però, Emily stava rileggendo per la quinta volta la stessa pagina senza nemmeno accorgersene, da quanto era distratta.

La vecchia pendola in salotto suonò le dieci e mezza e la ragazzina, seppure fosse a un corridoio di distanza, sobbalzò, lasciandosi sfuggire un gridolino.

«Miao» commentò acido Percy, il vecchio e spelacchiato devon rex ereditato dallo zio insieme a tutto il resto, rigirandosi sullo scaffale che condivideva con un palco di corna di cervo, un angioletto di ceramica e un paio di volumi dell'*Enciclopedia Britannica*. Percy detestava essere svegliato durante i suoi pisolini, ovvero durante la gran parte della sua pigra e accidiosa esistenza.

«Mpf!» rispose Emily all'anziano felino, cercando di nascondere l'imbarazzo per l'improvviso spavento.

Non più di quindici minuti dopo avrebbe dovuto sgattaiolare fuori di casa, se voleva arrivare puntuale all'appuntamento sotto il vecchio olmo.

«Emily, è tardissimo! Dovresti essere a letto da un pezzo!» disse Linda dal salotto. A giudicare dalla musica, stavano scorrendo i titoli di coda di un film alla televisione. Linda era rimasta talmente assorbita dalla trama da dimenticarsi dell'orario della buonanotte della figlia.

«Adesso vado a dormire, mamma» rispose Emily in tono accondiscendente, e si alzò dalla poltrona slanciando in avanti le lunghe gambe.

Forse poteva davvero andare a dormire, rifletté mentre si lavava i denti. Doveva solo spegnere il cellulare e il giorno dopo dire agli amici che sua madre non l'aveva persa di vista un attimo, impedendole di uscire. Era plausibile, dopotutto.

«Fammi spazio» disse Linda, dandole uno scherzoso colpetto con il fianco e mettendosi accanto a lei davanti allo specchio.

Capitolo 2

«Se ti vedesse Matthew...» ridacchiò Emily, mentre sua madre infilava in testa una fascia di spugna, con i corti capelli castani che puntavano in tutte le direzioni, e si picchiettava il latte detergente sul viso con un dischetto di cotone.

«E perché dovrebbe vedermi?» chiese Linda, arrossendo sotto i baffi di latte detergente.

Emily guardò il riflesso di Linda nello specchio. «Be', se, e dico se, vi fidanzerete, prima o poi lui verrà ad abitare qui. Come farai a fare la maschera settimanale all'argilla, quella che ti fa sembrare il mostro della palude?»

«Ma sentila! Signorina, prima o poi vedrai che anche tu inizierai a fare queste cose che adesso ti sembrano molto ridicole...» disse Linda, spalmando un po' di latte detergente sulla punta del naso della figlia.

Bling!

Emily si pulì il naso con il palmo della mano e guardò il cellulare, che per un istante aveva vibrato nella tasca dei suoi jeans.

Era un messaggio di Riley. *Ci siete?*

Bling!

Bling!

Uscito adesso aveva risposto Jamie.

Contaci! era la replica di Scott, corredata da tre faccine sorridenti.

«Uh, chi ti scrive a quest'ora?» indagò Linda, cercando di sbirciare da sopra la spalla della figlia.

«Mamma! La privacy!» sbuffò Emily, affrettandosi a infilare in tasca il telefono.

Linda le fece l'occhiolino. «Di' la verità, è un ragazzo?»

«Certo che è un ragazzo, ho praticamente solo amici maschi! È Jamie, chiedeva chi ha preso per sbaglio il suo quaderno di scienze, è stato Scott» improvvisò Emily, sentendosi un pochino in colpa. Qualche volta le era capitato di mentire a sua madre. Ok, forse un po' più di qualche volta. Però in quel caso le sembrava di fare una cosa proprio brutta, pensando di uscire di casa di nascosto in piena notte...

«Ah, be', se si tratta solo di un quaderno di scienze... Te lo chiedevo perché ultimamente mi sembra di sentir parlare un po' spesso di questioni di cuore, in questa casa. O no?» chiese Linda allusiva.

Emily scacciò il pensiero che le si era conficcato in un angolino del cervello ormai da un po' di tempo, lo stesso pensiero che aveva a stento tenuto a bada quel pomeriggio all'emporio, ma sentì ugualmente le guance avvampare.

«Eh, certo, con tutte quelle occhiate zuccherose che vi scambiate tu e Matthew! Altro che i dolci di Roxi, sono tutte queste smancerie a far cariare i denti... E, a proposito di denti, io ho finito» tagliò corto, riponendo lo spazzolino e nascondendo il rossore dietro i capelli biondi, convenientemente calati sul viso.

Ormai era tardi, probabilmente gli altri stavano già andando alla casa stregata. Che poi di certo non era stregata, era semplicemente una vecchia e noiosa catapecchia cadente, piena solo di spifferi. Uscendo dal bagno, Emily lanciò un'occhiata al cellulare.

Lenticchiiiaaa aveva scritto Scott, con un'intera riga di puntini di sospensione.

Ci sei, Emily? Ti stiamo aspettando aveva insistito Jamie.

Riley non aveva scritto niente.

Emily aggrottò la fronte, strinse il cellulare e si buttò nel letto tutta vestita, tirando su le coperte.

«Buonanotte, tesoro» disse Linda facendo capolino dalla porta.

«Buonanotte, mamma» rispose Emily, reprimendo una punta di senso di colpa.

Dopo che Linda si fu chiusa alle spalle la porta della propria camera, Emily sgusciò fuori dal letto, mettendo il telefono su "silenzioso" e scendendo le scale pianissimo, per non farsi scoprire. Il destino la aiutò, perché la vecchia pendola si mise a suonare le undici con un tempismo perfetto, coprendo il rumore delle chiavi che giravano nella toppa. Una volta fuori, Emily prese la bicicletta, che aveva appoggiato al muro della casa, e rimase in ascolto per un istante. Niente passi per le scale, niente richiami preoccupati. Linda non si era accorta di nulla.

Arrivo digitò Emily sulla tastiera del telefonino, poi inforcò la bicicletta e si lanciò per le stradine deserte, illuminate solo da qualche lampione e dalla luce della luna.

«Pensavamo non arrivassi più!» strillò Scott, vedendola pedalare di gran carriera verso il vecchio olmo. Subito Jamie e Riley gli misero una mano davanti alla bocca, facendo "ssst!" più per l'agitazione di essere fuori a quell'ora di nascosto che per l'effettivo pericolo di essere scoperti. Intorno a loro c'erano solo campi.

«Pensavamo non arrivassi più!» ripeté Scott abbassando la voce.

«Mia madre non la smetteva di chiacchierare...» rispose Emily.

«Io pensavo che Jason non si sarebbe più addormentato» sospirò Jamie, che divideva la camera con uno dei tre fratelli maggiori. «E fino all'ultimo ho avuto paura che mio padre si alzasse per andare a prendere l'acqua in frigo, visto che lo fa sempre, e mi beccasse mentre aprivo la porta.»

«Mia madre stasera invece era così assonnata che è andata a dormire alle nove. E avendo la camera al piano terra, sono uscito dalla finestra» disse Riley con un'alzata di spalle, guardando un punto a caso per terra. Anche lui, come Emily, era senza papà, anche se lei non sapeva esattamente perché.

«Ok, ci siamo tutti, andiamo!» disse Jamie, saltando in sella e pedalando verso Harlow House.

Sotto la luce della luna, con le nuvole che coprivano ampie porzioni di cielo e l'aria fredda sulla faccia, Emily provò un'ondata di emozione improvvisa e feroce. Si sentiva euforica, coraggiosa, interessante. Pensò che quell'avventura sarebbe diventata un ricordo, una di quelle storie che lei e i suoi amici avrebbero ripercorso insieme, da anziani, abbandonandosi alla memoria del passato. Perché quando pensava alla propria vecchiaia, Emily si immaginava lei e i suoi amici proprio come i tre inseparabili Albert, Peggotty e Fred... anche se ultimamente aveva iniziato a immaginare un'alternativa. Arrossì, guardandosi attorno. Non riusciva a evitare di cercare Riley con lo sguardo, lanciandogli fugaci occhiate di sottecchi. Eccolo lì il pensiero che la tormentava da giorni, anche in situazioni avventurose ed emozionanti come quella.

E pensare che Riley non le piaceva nemmeno, fino a poco tempo prima. Non l'aveva mai guardato in quel modo, quello che faceva arrossire e perdere le parole. Un giorno però Jamie le aveva confidato che Riley aveva una cotta per lei, e da quel momento era cambiato tutto. Emily avrebbe voluto continuare a comportarsi in modo normale, amichevole, di sicuro non romantico. Però aveva iniziato a notare delle cose. La prima erano stati i suoi denti. Era certa che in nessuno dei film d'amore tanto cari a sua madre i protagonisti si innamorassero grazie ai denti. Magari allo sguardo, al sorriso, al colore dei capelli... E invece no, Emily non riusciva a togliersi dalla testa i denti di Riley, perché erano bianchissimi e perfettamente allineati. Poi aveva notato quel modo di sorridere guardando per terra, di quando veniva colto di sorpresa. E lo sguardo azzurro ghiaccio, che quando si erano conosciuti le era sembrato fastidioso e inquisitorio, si era rivelato un pochino più gentile, forse addirittura un po' timido. E mentre Emily notava tutte queste cose, sentendo un grande scompiglio dentro di sé, Riley, dopo un periodo di stranezze che parevano testimoniare proprio l'esistenza di una cotta, aveva ricominciato a comportarsi in modo perfettamente normale. Forse un po' più distaccato di prima, ma amichevole. E infine, da qualche tempo, aveva preso le distanze da lei, preferendo la compagnia di Jamie e Scott alla sua. Ora era Emily a sentirsi strana ogni volta che lui era nei paraggi, e anche un po' quando non c'era... insomma, praticamente sempre.

«Eccoci!» farfugliò Scott in preda all'agitazione, indicando la vecchia casa abbandonata in cima alla collina.

Capitolo 2

«Da qui ci conviene proseguire a piedi» disse Jamie. «Lasciamo le bici sotto quell'albero.»

Il gruppetto si fermò, smontando dalle biciclette e portandole a mano attraverso un campo.

Meaouuu!

«Argh!» sobbalzò Jamie, facendo cadere la bicicletta per lo spavento.

«È solo un gatto» disse Emily con una scrollata di spalle, cercando di ignorare il pizzicorino alla base della nuca.

Ut-ut!

Riley strinse il manubrio della bicicletta. «L'avete sentito, quello?»

«Era un barbagianni» disse Emily.

«È facile per te fare tanto la superiore... Tu li hai già affrontati una volta i fantasmi!» rispose Scott, riferendosi alla prima indagine dell'Agenzia Wright.

Emily gli lanciò un'occhiataccia. «Non esiste nessun fant...»

Croak!

Jamie, Riley e Scott sobbalzarono all'unisono.

«Ma è una rana!» sbottò Emily.

I tre amici le fecero freneticamente cenno di abbassare la voce.

«Eppure sono io quella che è cresciuta in città» sussurrò Emily. «Dovreste essere abituati a questi rumori...»

La casa stregata

«Ok, la casa è lì» disse Riley.

«La vediamo, amico» fece Scott, con tono da film d'azione.

In cima alla collina, Harlow House appariva tetra, scura, con le finestre rotte e il tetto spiovente piegato dagli anni e dalle intemperie. Un tempo doveva essere stata una villa imponente ed elegante, a due piani, circondata da aiuole che ora si erano trasformate in ciuffi contorti di sterpaglie e rovi. Un glicine secco e annerito era rimasto attaccato alla facciata, e ormai pendeva come un triste festone.

«E adesso cosa si fa?» chiese Emily.

«Semplice, la Sfida» disse Jamie. «Entriamo tutti insieme, contiamo fino a trecento ed esploriamo la casa. Dobbiamo resistere tutti, chi scappa via è un pappamolla.»

«E come facciamo a esplorarla? È tutto buio! Di sicuro il fantasma del signor Harlow non paga le bollette.»

«Uhm...» fecero Jamie e Riley, incerti.

«Con queste» disse Scott, estraendo dallo zaino quattro torce portatili.

Gli altri lo guardarono stupiti. Raramente Scott era così organizzato.

«Be', che c'è? Mio padre ha un negozio di bricolage, no?» rispose lui. «E poi mi sto preparando da anni per la Sfida!» aggiunse, soffiandosi nei pugni come un pugile prima di un incontro. Un pugile piccoletto, paffuto e con l'apparecchio.

Capitolo 2

«Ok, entriamo?» disse Emily indicando la porta d'ingresso. Un formicolio le solleticava la pelle, come quando ci si sente osservati. Mentre gli altri sembravano terrorizzati, lei si sentiva euforica. Si morse il labbro per non scoppiare a ridere, forse l'agitazione le stava facendo qualche scherzo.

«Tutti insieme» annuì Jamie, facendo un passo avanti.

Affiancati, quasi spalla contro spalla, i quattro salirono sulla collina. Da fuori, la porta semiaperta sembrava nascondere un'oscurità completa, come se dall'altra parte non ci fosse l'interno di una vecchia casa, ma una specie di buco nero pronto a inghiottirli.

«Ok, facciamolo» disse Riley spalancando la porta e puntando la luce della sua torcia verso l'interno. Emily accese a sua volta la lampadina portatile, imitata da Jamie e Scott. «Quando siamo dentro tutti, iniziamo a contare.»

Il pavimento di legno scricchiolò sotto i loro piedi.

«Unoduetrequattrocin...»

«Scott!» sbuffò Riley.

Scott stava contando a occhi chiusi, a velocità vertiginosa, con i pugni stretti al petto e la torcia che gli illuminava il viso da sotto in su.

«Sì, sì, scusate, ragazzi, mi sono fatto un po' prendere...»

Riley, spazzando l'ingresso con la luce della torcia, riprese a contare dando il ritmo. «Uno, due, tre...»

Davanti a loro si apriva un corridoio stretto e lungo su cui davano alcune porte di legno, o quello che ne restava. Due di esse pendevano di lato, scardinate. La carta da parati si era staccata a chiazze e lasciava intravedere strati di vernice differente, sovrapposti e screpolati.

«Quindici, sedici, diciassette...»

Emily entrò in una delle stanze, scoprendo una cucina rustica non tanto dissimile da quelle che si potevano trovare nelle case in paese. Certo, se si eccettuava lo strato di polvere che ricopriva tutti i mobili, e la lunga riga scura che macchiava il lavandino e sembrava quasi... quasi... La torcia in mano a Emily iniziò a tremare vistosamente.

«Ventisei, ventisette, ventotto...»

La voce di Riley, che andava e veniva in base ai suoi movimenti per le stanze, la rassicurò.

La riga scura era semplicemente una grande macchia di ruggine causata dal rubinetto che, quando ancora le tubature funzionavano, doveva aver avuto una perdita. Emily ridacchiò, cercando di allentare la tensione.

«Ragazzi! Venite qui!» gridò Jamie, concitato.

Cercare info su
"riti di passaggio"
Maschera
all'argilla:
aggiungere
miele 1 cucch.

sembrava un pomeriggio tranquillo...

mi sento osservata!

3. Paura a Harlow House

«Guardate, questo è il signor Harlow!» esclamò Jamie, in piedi al centro di un salottino, indicando un grande ritratto appeso alla parete.

«Ahia!» si stava lamentando Scott, chino a terra alla ricerca della sua torcia elettrica, che era rotolata poco distante. «Ma perché strilli così? Pensavo avessi visto il fantasma, e per lo spavento mi sono fatto cadere la torcia sul piede!»

«Mi hai fatto perdere il conto!» sbuffò Riley, facendo capolino dalla porta, proprio accanto a Emily. Le loro mani si sfiorarono, sullo stipite di legno scrostato, e lei dovette esercitare un certo autocontrollo per non scansarsi. «Senza il conto fino a trecento non vale! Vediamo... saremo più o meno a sessanta. Sessantuno, sessantadue...»

Emily guardò l'uomo nel ritratto. Tutto vestito di nero, con uno sfondo cupo alle spalle, era come se il suo volto serio fluttuasse nel nulla. Gli occhi, dipinti con estrema accuratezza, sembravano guardare gli intrusi con disapprovazione. Uno scricchiolio, dal piano superiore, le fece alzare la testa di scatto. Il pizzicorino alla nuca che aveva percepito dall'inizio dell'avventura diventò un vero e proprio brivido.

«Avete sentito?» sussurrò agli altri.

«Veniva da su» confermò Jamie.

«Settantaquattro, settantacinque, nessuno va mai al primo piano, settantotto...» disse Riley, aiutandosi con le dita delle mani per non perdere nuovamente il conto.

«Perché?» chiese Emily. «Non fa parte della Sfida?»

«Be', non è che ci sia una regola ufficiale su questo, ma nessuno ci va mai, è risaputo» disse Scott.

«E perché non ci andiamo noi?»

«No!» sibilò Scott. «Uno c'è andato, una volta, ma è sparito per una notte intera e quando è tornato non ne ha mai voluto parlare. Lo conosci, è il meccanico Phil.»

Emily sgranò gli occhi. «Phil? Ecco perché aveva così paura di venirci a prendere, quando ci si è fermata la macchina... ma perché non me lo avete detto?»

«Novantanove, cento, centouno... per non metterti troppa paura. Centoquattro...»

«Paura?»

Capitolo 3

Scott la guardò con simpatia. «Be', sai... perché sei una ragazza. Le ragazze non fanno quasi mai la Sfida. È una cosa da maschi.»

Emily inspirò profondamente.

«Ah, sì? E allora sapete che vi dico? Io ci vado» annunciò, stringendo i pugni e indicando la scala.

«Ma è tutta pericolante...» cercò di convincerla Jamie. «Se cadi e ti fai male? Se i nostri genitori scoprono che siamo qui?»

«E poi hai sentito anche tu lo scricchiolio!» insistette Scott.

«Poteva benissimo essere un gatto, o un barbagianni» fece Emily scrollando le spalle e cercando di sembrare calmissima. «Di sicuro ci sarà qualche vetro rotto, e degli spifferi...»

Uuuhhh...

Emily deglutì. Quella sembrava proprio una voce umana. Ma la paura e il vento potevano giocare brutti scherzi. E poi una detective come lei, che aveva affrontato criminali e malviventi, non poteva certo avere paura di una vecchia catapecchia cadente.

«Non andare...» la supplicarono Scott e Jamie.

Emily si voltò verso Riley. Lui la guardò con la sua espressione indecifrabile, ma alla luce delle torce Emily credette di vedere sul suo viso un'espressione meravigliata.

«Centotrentatré, centotrentaquattro, centotrentacinque...»

Prima che gli altri due potessero aggiungere qualsiasi altra cosa, Emily mise un piede sul primo gradino. Scandita dal conteggio di Riley, la salita di Emily verso il piano superiore procedette senza intoppi. I gradini, seppur con molti scricchiolii e lamenti, ressero agevolmente il suo peso.

Con la torcia puntata davanti a sé che creava cerchi concentrici ondeggianti sulle pareti, Emily attraversò il corridoio. Il piano superiore era più malconcio di quello inferiore e il pavimento, che si era tutto incurvato verso il basso, dava l'impressione di camminare su una superficie concava.

"Speriamo che non ceda..." si disse Emily. Come avrebbe potuto spiegare a sua madre di essersi per esempio rotta una gamba esplorando una vecchia catapecchia pericolante, quando invece avrebbe dovuto starsene al sicuro nel proprio letto?

«Centottantuno, centottantadue, centottantatré...»

La voce di Riley, dal piano di sotto, le teneva compagnia durante l'esplorazione.

«Tutto bene?» chiese Jamie.

«Sì, tutto bene» disse Emily, avvicinandosi a una porta semiaperta dalla quale filtrava un'aria fredda e umida.

Capitolo 3

Guardò nella stanza. Il vetro della finestra era rotto in più punti e alcune piume, a terra, facevano immaginare il passaggio di uccelli in cerca di un nido. Le tende, ormai a brandelli, si agitavano nella corrente.

«È solo il vento!» sospirò Emily, sollevata, più a se stessa che agli amici che l'attendevano al piano di sotto.

«Centonovantanove, duecento, duecentouno...»

Uno strano scricchiolio però sembrava venire da un lato della stanza, oltre il battente della porta aperta. Emily si fece coraggio e, molto lentamente, sbirciò oltre. Quello che vide le fece gelare il sangue nelle vene. Nell'angolo c'era una culla a dondolo di legno, di quelle antiche, dalle sponde alte, con un cuscino tarlato e una coperta ingrigita appesa a uno dei pomelli che ne ornavano gli angoli. La culla era vuota, e stava dondolando.

Emily si portò le mani alla bocca, facendosi sfuggire un grido.

«Emily! Tutto bene?» chiese Jamie.

«Arriviamo!» gridò Riley, interrompendo il conto.

Sbam!

Emily si voltò di scatto.

Sbam! Sbam! Sbam!

Dall'altra parte del corridoio, una porta stava sbattendo.

Il suo cuore, invece di battere all'impazzata, fece uno

strano saltello, come verso il basso. Le sue gambe si bloccarono, le mani lasciarono la presa facendo rotolare lontano la torcia.

«Forza, Emily! Andiamo!» la chiamò Jamie.

Sbam! Sbam! Sbam!

«Non riesco!» gemette lei, senza riuscire a muoversi.

«Sì che ci riesci!» Riley scattò in avanti, prese Emily per un braccio e cercò di portarla verso le scale.

Sbam! Sbam! Sbam!

Emily, in preda al panico, invece di slanciarsi in avanti arretrò istintivamente, inciampò nel parquet dissestato e per non cadere si aggrappò a un vecchio tavolino coperto da una tovaglia sbrindellata, sentendo fra le dita qualcosa di sottile e scrocchiante. Non fece in tempo a capire cosa fosse, perché Jamie l'aveva tirata su per il gomito e le stava facendo strada verso il piano inferiore. Infilò i pugni serrati nelle tasche della felpa e corse via insieme agli altri.

Sbam! Sbam! Sbam!

«Forza, ragazzi!» li esortò Scott, che aveva spalancato la porta d'ingresso e la chiuse alle loro spalle quando i tre, con un salto, si slanciarono oltre i gradini, ruzzolando nell'erba. Un po' carponi e un po' di corsa, i quattro amici raggiunsero le biciclette e pedalarono via di gran carriera. Emily sentiva le gambe molli e strane, come se non fossero le sue, ma riuscì a stare dietro agli amici. Anche Scott, che di solito era il più lento, quella notte sembrava pronto per le Olimpiadi di *cross bike*.

Si fermarono solo quando furono abbastanza vicini al cottage di Emily.

«È stato incredibile!» esclamò sottovoce Jamie che ricominciava a prendere colore, un po' per la pedalata e un po' per l'emozione.

«Peccato che non sapremo mai se siamo rimasti davvero per trecento secondi» fece Riley con un'alzata di spalle.

«Scusate, è colpa mia» disse Emily, che iniziava a sentirsi in fortissimo imbarazzo. Si era fatta spaventare da un po' di vento, come una sciocca bambinetta...

«Ma sei fuori?!» ridacchiò Scott. «È stata l'avventura più pazzesca di tutta la nostra vita! Abbiamo incontrato un vero fantasma! Ne sono certo, era un fantasma, non il vento.»

Emily provò a rispondere con il suo classico "i fantasmi non esistono", ma questa volta non le uscì la voce.

Riley, cercando di darsi un tono, diede una gomitata a Scott. «E se stanotte il fantasma ti viene a cercare?»

Scott lo guardò di sottecchi con un sorrisetto nervoso. «Lo sanno tutti che il fantasma del signor Harlow non può uscire dalla casa. Siamo al sicuro. O no?»

«Sì, siamo al sicuro finché i nostri genitori non scoprono

che siamo fuori casa in piena notte» tagliò corto Jamie. «Andiamo, prima che ci becchino tutti quanti.»

Emily li guardò allontanarsi, prima di sgattaiolare silenziosamente in casa. Mentre, in assoluto silenzio, si sfilava la felpa, udì uno scricchiolio e mise una mano nella tasca. Nell'agitazione del momento, si era dimenticata di quello che le era rimasto in mano quando aveva perso l'equilibrio.

Era un sacchettino di plastica sottile. Lo sollevò con attenzione davanti agli occhi, osservando attentamente le piccole briciole che conteneva. A giudicare dall'aspetto e dall'odore, doveva essere molto recente, di sicuro non dell'epoca del signor Harlow.

"No, forse anche questa volta non si è trattato di un fantasma" si disse, un po' sollevata.

Quello era un semplice pacchetto di crackers.

«Allora, da cosa ti vesti per la festa del sindaco? Dai, a me puoi dirlo...» chiese Emily a Roxi, aggiungendo una spolverata di cannella al bicchiere di latte caldo che la proprietaria dell'emporio le aveva servito con un biscotto a forma di pipistrello.

Roxi ridacchiò divertita. «Eh, no, non posso certo rovinarti la sorpresa! Sarà un costume mai visto.»

Capitolo 3

«Buongiorno, Roxi» disse una voce familiare.

«Buongiorno a te!»

Emily sentì un pizzicorino alla nuca. Era Riley che, con un foglietto in mano, stava osservando gli scaffali.

«Ciao, Riley.»

«Ciao, Emily.»

«La mamma ti ha mandato a fare la spesa?» chiese Roxi.

«Sì, oggi ha l'appuntamento dal dentista e non fa in tempo a passare. Abbiamo finito il necessario per la colazione» disse lui, alzandosi sulle punte dei piedi per prendere una confezione di cereali ricoperti di cioccolato.

«Lei di solito prende quelli lì» gli suggerì Roxi, indicando un pacco che recitava *frutta e benessere.*

«Appunto» commentò asciutto Riley.

Emily si lasciò scappare una risatina. «Tutte uguali, le mamme.»

«Uhm, più o meno» rispose lui, sulla difensiva.

Emily agguantò il bicchiere di latte caldo, aggiungendo altra cannella per dare l'impressione di essere concentrata su quello. Chissà cosa aveva detto di male.

Riley si avvicinò al bancone. «Mi serve anche un litro di latte, e dello yogurt da bere.»

«Arrivato fresco fresco un'ora fa dalla fattoria dei Trent» disse Roxi, porgendo a Riley le bottiglie e battendo il totale in cassa. «Ma fermati a fare merenda con Emily, ho appena sfornato dei nuovi pipistrelli al cioccolato fondente, sono da urlo!»

Riley si accomodò sullo sgabello accanto a Emily e lei fissò ostinatamente il latte alla cannella, ormai talmente speziato da essere quasi imbevibile. Per tutta la mattina, a scuola, Emily aveva evitato i suoi tre amici. Per fortuna all'intervallo era stata monopolizzata da Connie, che aveva perso il diario e aveva chiesto a Emily di indagare. Quando, durante le lezioni, aveva sentito un brusio levarsi tra i banchi, sentendo nominare spesso Harlow House, aveva cercato di fare finta di niente. Si vergognava talmente tanto della figuraccia della notte prima che continuò a fissare la cannella che, a piccoli grumi, affiorava sulla superficie del latte.

«Trovato il diario?» chiese Riley addentando un biscotto.

«Uhm, sì, quel burlone di Pizza l'ha messo nella cartella del Muto» rispose Emily, che ormai aveva una perfetta familiarità con i buffi soprannomi diffusi fra i ragazzini di Blossom Creek.

«Comunque peccato che fossi occupata oggi all'intervallo. Ti fanno tutti i complimenti.»

«I complimenti?!» esclamò Emily, facendosi andare di traverso il suo beverone grumoso.

Capitolo 3

«Sì, per...» Riley lanciò un'occhiata a Roxi, alzando le sopracciglia come per dire "lo sai per cosa".

«Andate, andate a parlare dei vostri segreti» ridacchiò Roxi, sventolando uno strofinaccio. «Fuori, sciò!»

«Ma se ho fatto una figuraccia... Non riuscivo nemmeno a muovermi» disse Emily uscendo dalla porta e agitando le braccia. Mentre piroettava su se stessa, andò a sbattere contro un uomo con una felpa grigia dal cappuccio calato sul viso e un paio di pantaloni da ginnastica, che bofonchiò qualcosa e corse via.

"E adesso travolgo i tizi che fanno jogging... Sto diventando sempre più goffa" pensò Emily, sbuffando. E la colpa era di qualcuno accanto a lei. Qualcuno che con la sua sola presenza non le permetteva di ragionare normalmente, e la stava facendo diventare come quelle svampite dei film preferiti di Linda.

«In pochissimi sono saliti al primo piano di Harlow House, credimi» rispose Riley, che intanto, ignaro di quel che si agitava nell'animo di Emily, si era chinato ad assicurare la spesa sul portapacchi della bicicletta.

«Davvero?»

Riley annuì, ed Emily sentì una sensazione di benefico tepore pervaderle il viso. Allora non era diventata la più grande fifona di Blossom Creek!

«Perché era così importante contare fino a trecento?» chiese, sollevata e desiderosa di mettere una pietra sopra al discorso su fifa e panico.

«Perché la Sfida è così» rispose Riley, fissandosi le dita. «... L'ha inventata mio padre.»

«Davvero?!» rispose Emily. Era la prima volta che Riley lo nominava con lei.

«Sì, lui e il papà di Jamie erano a scuola insieme, ed è stato mio padre a inventarsi la Sfida, per vedere chi era più coraggioso fra lui e Paul Mulberry.»

«Ah, quindi erano amici anche loro!» esclamò Emily, entusiasta.

«Non proprio» rispose Riley, secco.

Emily si fissò la punta delle scarpe. Ogni conversazione con Riley era una schermaglia in punta di fioretto. Poteva rabbuiarsi o ammutolire in un attimo, o fissarla con quegli occhi chiarissimi senza dire niente. Forse era per questo che le faceva quell'effetto, si disse Emily. Dopotutto lei aveva un debole per i misteri.

«Mi accompagni in cartoleria? Devo andare a ritirare il costume di Halloween» le chiese Riley a bruciapelo.

Emily rimase per un attimo interdetta. Dopo giorni in cui la considerava appena se non c'erano Jamie e Scott con loro, adesso le stava chiedendo di fare un giro con lui.

Capitolo 3

«Ehm, ma certo. Da cosa ti vesti?»

«Da scheletro.»

«Uh, carino.»

"Carino?! Come ti è venuto in mente di dire carino?" strillò una vocetta nella testa di Emily. "Uno scheletro è tutto meno che carino! E se Riley avesse capito che tu intendevi dire che *lui* è carino? Forse è meglio tacere del tutto..."

La cartoleria era a soli trecento metri dall'emporio, ma furono i trecento metri più silenziosi della vita di Emily, e forse della storia di tutta Blossom Creek. Emily poteva quasi sentire dei passi risuonare in lontananza, senza però riuscire a vedere a chi appartenessero, da tanto c'era silenzio.

Entrarono, Riley ritirò il costume da scheletro e, mentre il cartolaio lo tratteneva per fare due chiacchiere, Emily si mise a sbirciare fuori attraverso la vetrina, più che altro per evitare nuove figuracce. E così vide nuovamente l'uomo con la felpa dal cappuccio calato sugli occhi. Questa volta stava camminando sul marciapiede, e per un attimo guardò nella vetrina della cartoleria. I loro occhi si incontrarono. Era tutto ciò che Emily poteva vedere del suo viso, dato che la bocca e il naso erano coperti da una sciarpa. Le parvero scuri e sfuggenti, ma prima che potesse osservare altro, l'uomo voltò la testa e ricominciò a correre.

Sarà stata la stranezza di quel giro fuori programma con

Riley, o le emozioni della sera prima che ancora scalpitavano nel suo petto, ma da quel momento in poi Emily non riuscì a togliersi di dosso la sensazione di essere osservata.

«Che c'è?» chiese Riley una volta fuori, vedendola voltarsi di scatto.

«No, niente, mi sembrava di aver visto un tizio che conosco...» farfugliò Emily. In realtà stava cercando l'uomo con il cappuccio, ma non poteva fare la figura della paranoica.

Sicuramente l'uomo era un corridore dilettante, e la sciarpa serviva a non beccarsi un mal di gola, vista l'aria fredda e umida di quei giorni. Però Emily non riusciva a levarselo dalla testa. E quando, arrivati davanti a casa di Riley, l'amico trasecolò, guardando un punto alle spalle di Emily e spalancando gli occhi, lei si girò con estrema lentezza, con le dita che formicolavano per la tensione.

Emily,
mi raccomando:
niente indagini
alla festa del
sindaco!

Cosa ci fa
un fantasma
con un pacchetto
di crackers?

l'elegante dimora
dei signori Cray
anche le streghe
fanno amicizia!

4. La festa in maschera

«Mamma, ma non dovevi essere dal dentista?» fece Riley, contrariato.

Voltandosi, Emily si trovò davanti una bellissima donna, dagli occhi azzurro ghiaccio e dal sorriso un po' sfrontato.

«Ci ho messo meno del previsto» rispose lei. «Che bravo, tesoro, hai fatto la spesa… dai qua.» Riley le porse il sacchetto. «E tu devi essere Emily. Riley mi ha parlato tanto di te.»

«Mamma!» sibilò Riley sottovoce.

Emily cercò di non arrossire e le porse la mano come un'adulta. «Piacere, signora Cooper.»

Gli occhi azzurri, identici a quelli di Riley, si strinsero per un istante. «Veramente sono la signora Dormand. Ma puoi chiamarmi Veronica, e dammi pure del tu. Riley, non mi avevi detto che è così carina!»

«Mamma!» strepitò Riley.

Emily arrossì vistosamente.

«Scusami, non volevo metterti in imbarazzo, ma ogni tanto un complimento sincero fa bene all'umore, non trovi?» aggiunse Veronica con un sorriso disarmante.

Doveva essere coetanea o poco più vecchia di Linda, e questo la poneva di diritto nella categoria delle mamme giovani. Aveva i capelli scuri e lisci, con una frangetta da ragazzina che accentuava lo sguardo. Un abito blu notte sottolineava il fisico slanciato, messo in risalto dai tacchi altissimi e sottili. Un piccolo tatuaggio, sul polso destro, riportava una scritta a caratteri eleganti e un po' antiquati. *Riley*, lesse Emily, e sorrise.

«Ti va di fare merenda?» chiese Veronica, facendo strada dentro casa e mostrando una falcata sicura nonostante i tacchi vertiginosi.

«Già fatta all'emporio» borbottò Riley.

«Entra un attimo lo stesso» le disse Veronica, facendole l'occhiolino, mentre agitava una mano nella direzione del figlio come a dire di lasciarle fare.

«Vado a mettere via il costume per Halloween» disse Riley.

Emily seguì Veronica in cucina.

«Lei e il signor Cooper siete... ehm... divorziati?» chiese Emily, pentendosi subito della sua solita, eccessiva curiosità.

«Sì. Scusa se ti ho confusa con la faccenda dei cognomi. Il mio ex marito se n'è andato da molti anni, e non si è più fatto vivo. Immagino che tu non lo sappia, perché Riley non ne parla mai. E ne ha tutte le ragioni...»

«Oh, mi dispiace» disse Emily.

«Ce la caviamo abbastanza bene anche da soli» rispose Veronica con un sorriso.

«Anche io e la mamma siamo sole.»

«Sì, lo so. Conoscevo tuo padre di vista, mi dispiace per quello che è successo.» Veronica fece un'espressione seria e contrita, subito sostituita da uno sguardo dolce e furbo. «Patrick era uno dei più bei ragazzi di Blossom Creek, fin dai tempi delle medie. Veniva qua a passare le vacanze con suo zio Orville. Ma era troppo preso dalle sue investigazioni per badare a noi ragazzine che gli facevamo il filo! Anni dopo mi hanno detto che si era fidanzato con una brunetta di Londra...»

«Mia madre» annuì Emily, orgogliosa. «A proposito, si starà chiedendo dove sono...»

«Sì, mamma, smettila di starle addosso» commentò Riley, raggiungendole in cucina.

«Ok, ok... Emily, è stato un piacere. Ci vediamo alla festa del sindaco!»

«Forza, che altrimenti facciamo tardi!» esclamò Emily nel suo costume da Sherlock Holmes, tirandosi dietro sua madre per paura che cambiasse idea all'ultimo istante.

La festa in maschera

«Siamo in perfetto orario» ribatté Linda distendendo le pieghe della gonna di tulle viola. Con il corpetto dalle ampie maniche, gli stivaletti stringati di vernice nera e l'immancabile cappello a punta, Linda era una splendida strega. «Guarda, c'è Matthew!»

Emily si voltò nella direzione in cui Linda stava agitando la mano. Il giardiniere le raggiunse ridacchiando. Indossava i soliti jeans chiari, le solite scarpe da trekking e la solita camicia a quadrettoni, ma in testa, tirata provvisoriamente sulla fronte, portava una maschera da lupo mannaro.

«Che ne dite?» chiese, abbassandola sul viso.

«Perfetto!» fece Emily, alzando i pollici. «E Roxi?»

«Ha detto che arriva dopo, per fare un'entrata trionfale.»

«Bene, allora. Andiamo!» esclamò Emily contenta, e prese sottobraccio sia Linda che Matthew, trascinandoli verso la festa.

La villa del sindaco era una costruzione imponente e un po' pacchiana, con un colonnato all'ingresso e un grande salone. Uno scalone portava al piano di sopra, che si affacciava su una gigantesca terrazza, grande almeno quanto tutto il cottage delle Wright, forse anche un pochino di più. Molti invitati erano appena arrivati, a giudicare da saluti, abbracci e complimenti ai costumi.

All'ingresso, la signora Cray faceva gli onori di casa

e un fotografo accanto a lei fotografava tutti quanti, per l'annuale premio alla migliore maschera.

Appena furono dentro, un sibilo minaccioso si levò alle spalle di Emily.

«Uuuh, sangue di investigatore! Chissà com'è succulento!» scherzò Fred, truccato da vampiro. Accanto a lui c'erano Albert e Peggotty, in due costumi identici.

«E Maude?» chiese Linda.

Albert indicò la moglie, anche lei in versione vampiresca, attorniata da una nidiata di fantasmini.

«Mamma, vai a divertirti un po', alle pesti ci pensiamo noi» disse una donna robusta vestita da diavolessa, con accanto un'altra donna vestita da gatto nero. Dovevano essere le figlie di Albert e Maude, ed Emily le salutò con un cenno della mano.

«*F*ono un fanta*f*ma!» farfugliò Roger, il più grandicello dei pestiferi nipotini di Albert, tirando Emily per la mantella e mostrando, attraverso i buchi del costume, un sorriso al quale mancavano i due denti davanti.

«Ciao, Emily, che costume originale!» esclamò Veronica, facendosi largo tra la folla insieme a Riley. «Il nostro un po' meno...» aggiunse guardando Linda con un sorriso. Entrambe erano vestite da streghe, e Veronica indicò la moltitudine di cappelli, scope e abiti neri attorno a loro.

«Però noi li portiamo in modo molto personale!» ridacchiò

Linda, indicando le calze a righe bianche e nere e i tacchi altissimi di Veronica, e tendendole la mano per presentarsi.

Riley, con una tuta nera sulla quale erano disegnate le ossa di uno scheletro e il viso pitturato di bianco e nero, era davvero perfetto per Halloween.

«*Arrr!*» esclamò Jamie, raggiungendoli nel suo costume da pirata, con tanto di benda sull'occhio.

«*Buuu...*» fece Scott, con le braccia protese in avanti e bende bianche che pendevano da tutte le parti. «Ma... Emily! Ti sei vestita da investigatore? Non fa mica paura!»

Emily ridacchiò. Nemmeno Scott faceva molta paura: più che una mummia sembrava un gigantesco rotolo di carta igienica, anche se lei si guardò bene dal dirglielo. Acchiappò invece un succo di frutta e una tartina dal buffet, osservando la sala. In quella gigantesca casa c'era davvero tutta Blossom Creek.

«Guarda mio padre, sembra che stia andando al patibolo» scherzò Jamie. L'ispettore Mulberry, capo della polizia di Blossom Creek, incedeva con la sua peggiore espressione da mal di testa incipiente. Al suo braccio era saldamente avvinghiata la moglie, Celia, ed Emily sospettò che Mulberry si fosse conciato così solo ed esclusivamente in virtù del grande amore che nutriva per la sua compagna e madre dei suoi quattro figli. Perché il suo travestimento da Frankenstein era uno dei più brutti di tutta la festa, con i finti bulloni appiccicati sul collo e i punti di sutura disegnati con la matita per gli occhi. Celia, accanto a lui, era tutta orgogliosa della propria parrucca nera con le striature bianche ai lati.

«Frankenstein e la moglie di Frankenstein! Che originali!» disse Emily, che essendo cresciuta senza padre un po' invidiava i genitori di Jamie, così uniti.

All'improvviso, una specie di sacco della spazzatura entrò dalla porta principale. Lo sgomento fu tale che molti si fecero da parte. Emily, stupita e imbarazzata, riconobbe una crocchia di capelli neri e un paio di occhiali dalla montatura blu.

«È Roxi?!»

«Mio padre non dovrà più preoccuparsi della bruttezza del proprio costume. Questo li batte tutti» ridacchiò Jamie.

Il sacco della spazzatura ambulante andò dritto verso di loro. Matthew sbuffò rumorosamente.

«Allora? Non è il costume più incredibile che abbiate mai visto?» chiese Roxi, piroettando su se stessa.

«Ehm... Che cosa rappresenta?» chiese Linda, perplessa.

«Ma è ovvio, la cosa più spaventosa che esiste al mondo: l'inquinamento!»

Emily osservò le lattine vuote, le nuvolette di cotone dipinto di grigio, gli incarti delle merendine, il simbolo della radioattività e tutti gli altri bizzarri elementi cuciti al vestito di Roxi.

«Di sicuro è originale...» commentò Matthew.

Ma l'attenzione della gente circostante fu attratta nuovamente da qualcos'altro. Emily si voltò nella direzione in cui guardavano tutti gli altri. Il sindaco, vestito da stregone, era apparso in cima alla scalinata, insieme alla moglie vestita da strega. Accanto a loro c'era una ragazzina all'incirca dell'età di Emily, dal fisico rotondetto, infilata in un abito da streghetta che sembrava uscito da un film.

«Benvenuti, cari concittadini» declamò il sindaco. «È con piacere che vi accolgo nella mia dimora, insieme alla mia meravigliosa famiglia, per la tradizionale festa di Halloween. Che i festeggiamenti abbiano inizio!»

Una musica scatenata invase la casa. In men che non si dica, tutti si stavano dimenando a ritmo di musica. O quasi.

«Tesoro, non balli?» chiese Veronica, cercando di trascinare Riley in pista.

«Mamma!» sbuffò lui, tirandosi indietro e andando via.

«È in una fase difficile» si scusò Veronica, e Linda le sorrise.

«Nemmeno Emily è tipo da queste cose, vero?»

Emily fece spallucce, immobile a braccia incrociate mentre intorno a lei Jamie e Scott si scatenavano insieme ad altri compagni di classe che li stavano raggiungendo alla spicciolata. Emily cercò di fare quattro salti con loro, ma il ballo non era proprio il suo forte. E poi era curiosa di scoprire dove si fosse cacciato Riley.

All'improvviso Jamie sbiancò. «Oh, no, sta venendo qui! Nascondetemi!»

«Chi?» chiese Emily, perplessa.

«La figlia del sindaco!» sbuffò Jamie.

Effettivamente, la ragazzina vestita da streghetta sembrava puntare proprio loro. Le compagne di classe di Emily ridacchiarono tutte in coro.

«Ha una cotta per Jamie fin dall'asilo!» spiegarono.

La ragazzina si fece largo fra la folla, guardando verso di loro proprio nel momento in cui Jamie, fra le risate generali, si nascondeva dietro la schiena di Scott. Rimase per un istante immobile, le braccia penzoloni lungo il corpo, poi sbuffò e fece dietrofront.

«Ehm, vado a prendere una boccata d'aria» disse Emily, dando un buffetto seccato sulla spalla a Jamie e correndole dietro.

Facendosi strada in mezzo alla folla, la seguì sul terrazzo. Era davvero uno spazio immenso, con un bel tavolo di ferro battuto dipinto di bianco e alcune grandi fioriere. Un paio di funghi riscaldanti erano stati posizionati lungo il parapetto, in modo da permettere agli ospiti di uscire nonostante il freddo autunnale.

«Ciao, io sono Emily» si presentò, appoggiandosi al parapetto accanto alla figlia del sindaco.

«Io sono... ehm... Theodora» rispose lei, un po' imbarazzata. «Lo so, è un nome tremendo.»

«Secondo me è originale. Non ti ho mai vista in giro. Però, sai, sono nuova a Blossom Creek...»

«Io sono sempre via. Mio padre mi ha iscritta a un collegio privato» spiegò Theodora con rammarico.

Emily la guardò di sottecchi. Nonostante nella sua casa si stesse svolgendo la più bella festa di Halloweeen che Emily avesse mai visto, Theodora, con il costume da streghetta più bello che Emily avesse mai visto, completo di trucco professionale, sembrava il ritratto della scontentezza.

«I maschi a volte sono dei cretini» disse a Theodora. "E a volte sono incomprensibili" aggiunse tra sé, guardandosi in giro nella stupida speranza di incontrarne uno vestito da scheletro e di passare la serata così, loro tre, a chiacchierare, magari anche con Jamie, che, pentito, sarebbe salito a scusarsi con Theodora. Ma passarono alcuni minuti e non arrivò nessuno. Emily sospirò. Era davvero così, la vita da grandi? E lei che aveva sempre pensato che tutte quelle assurdità da film romantico fossero solo finzione... Crescere non era affatto divertente come aveva sempre creduto. Rimasero loro due, in silenzio, a fissare un giardino immenso e perfettamente curato, illuminato da globi di luce che lo rendevano quasi fatato.

«Dory-Dory... tesorino, è ora della premiazione della maschera più bella!» disse la signora Cray facendo capolino dalla portafinestra.

Anche sotto il trucco perfetto, Emily vide Theodora alzare gli occhi al cielo.

«Come se non bastasse il nome della bisnonna, il mio soprannome è ancora più tremendo» sbuffò la ragazzina.

«Oh, e tu sei la piccola Wright! Ma bene, avete fatto amicizia!» disse la signora Cray con un sorriso esagerato. «Forza, tutte dentro, non vorrete certo perdervi la premiazione!»

Emily sospirò, lanciando un ultimo sguardo al giardino. E fu in quel momento che vide qualcosa. Avvertì un movimento fra i cespugli, accanto alle finestre del piano terra, proprio sotto di loro. Era curioso... La ragazzina scosse la testa. “Smettila di farti suggestionare! Sarà qualcuno uscito a prendere un po’ d’aria” si disse. Però uno strano pensiero si era affacciato alla sua mente. Sembrava l’uomo incappucciato.

«Forza, Emily, non vorrai perderti il momento clou!» disse la signora Cray posandole una mano sulla spalla e portandola dentro insieme alla figlia.

Tra la folla, Emily corse giù, verso sua madre e i suoi amici.

La festa in maschera

«E ora siamo pronti ad annunciare il vincitore di quest'anno» stava declamando il sindaco, mostrando una coppa con tanto di targhetta.

Emily cercò di sgusciare fra le persone intente a chiacchierare e a brindare, ma non era un'impresa facile. All'improvviso, in mezzo a tutta quella gente, si sentì sola. Voleva raggiungere Linda, parlare di maschere e costumi, mangiare tartine e ridere di quella strana paura che non voleva sapere di andarsene via dal giorno in cui aveva messo piede a Harlow House. Era come se il suo sesto senso da detective si rifiutasse di spegnersi, come se stesse per succedere qualcosa di strano.

«Il vincitore, o la vincitrice, di quest'anno è...» disse Cray.

Emily si lanciò fra le braccia di Linda, come avrebbe fatto da piccola, e la madre la guardò con un sorriso stupito.

«Vedrete che chiamerà me...» commentò Roxi.

Ma all'improvviso tutto diventò buio.

Un istante di silenzio fu subito spazzato via da qualche urletto spaventato.

«Stiamo calmi» disse il sindaco. «Dev'essere un semplice calo di tensione all'impianto elettrico.»

Poi un rumore secco rimbombò al piano superiore della villa. A Emily sembrò proprio uno sparo.

Me lo sento:
al piano di sopra
è successo qualcosa
di strano...

Emily,
avevamo detto
niente indagini!

il mio travestimento da
Sherlock Holmes è azzeccato!

all'improvviso...
il buio!

5. Chi ha ucciso la Morte?

In un attimo si scatenò un gran tramestio. Le voci si rincorrevano, e dicevano tutte la stessa cosa: «Uno sparo! Uno sparo!».

Linda strinse forte Emily.

«Mamma, voglio andare a vedere!»

«Resta qui, con questa confusione rischi di farti male!»

«Riley! Dov'è Riley?» gridò Veronica.

«Mamma, sono qui!»

«Oh, grazie al cielo!»

«Fermi tutti! Niente panico!» gridò Paul Mulberry.

«Niente panico. Niente panico» ripeté Peter, giovane poliziotto e braccio destro dell'ispettore.

«I nipotini!» esclamò Albert.

«Tranquillo, tesoro, Gladys li ha portati a casa mezz'ora fa» lo rincuorò sua moglie Maude.

Qualcuno accese un cellulare. In un attimo il salone si riempì di luci azzurrognole. Era un'immagine affascinante e spettrale. Anche Emily prese il proprio telefono e accese l'applicazione che simulava una torcia elettrica. Non illuminava quanto quelle del negozio del papà di Scott, ma almeno non erano più completamente al buio.

«Sono costretto a interrompere la festa causa guasto all'impianto elettrico» annunciò il sindaco, con un lieve tremito nella voce. «Mi scuso per il disguido, vi ringrazio per la vostra gradita presenza, ma devo chiedervi di uscire ordinatamente, con cautela, data la mancanza di illuminazione.»

«Ma lo sparo?» gridò qualcuno.

«Era uno sparo!» insistette qualcun altro.

«Il rumore che abbiamo udito era dovuto a un semplice sbalzo di tensione» rispose il sindaco seccamente. «Un piccolo scoppio nel quadro elettrico.»

Si udì qualche sospiro di sollievo e pian piano la folla iniziò a defluire, nella luce fredda dei telefonini. Paul Mulberry e Peter, ai lati della grande porta d'ingresso, controllavano che tutto si svolgesse nella maniera più ordinata possibile.

«Mamma, così mi stritoli!» sbuffò Riley, stretto fra le braccia di Veronica.

«Matthew! Mi stai schiacciando la coda del costume!» protestò Roxi.

Capitolo 5

«Vado a vedere se c'è bisogno di un medico» disse Peggotty, allontanandosi.

«Ok, ti aspetto alla macchina con Albert e Maude» rispose Fred, scambiando un cenno d'assenso con gli amici.

«Jamie!» chiamò Celia.

«Sono qui» rispose lui. «Stai tranquilla, mamma, papà ha tutto sotto controllo. E la nonna sta andando a dargli una mano.»

«Mamma, secondo me quello era uno sparo» mormorò Emily, abbracciando Linda. Nella loro carriera di investigatrici le era già capitato di sentirne uno, e di certo il rumore di quella sera gli assomigliava.

«Lo scopriremo, tesoro, lo scopriremo» disse Linda, con il mento appoggiato sulla testa della figlia.

«Andiamo, la villa si sta svuotando, vi porto a casa» si offrì Veronica, con le chiavi della macchina in mano.

Celia annuì. «Potresti accompagnare Jamie? Io vado a recuperare i suoi fratelli, li ho radunati al sicuro sotto la scalinata, ma conoscendoli non ci resteranno a lungo se non torno subito da loro.»

«E io?» chiese Scott, guardandosi attorno spaesato. Gli altri compagni di classe si erano ricongiunti ai loro genitori. Ma subito sorrise, quando vide una coppia corrergli incontro: una signora piccolina e rotonda, con un costume da mummia simile a quello del figlio, e un ometto con i capelli rossi, che sfuggivano da un identico bendaggio mummiesco. Non c'erano dubbi, sospirò Emily con sollievo. Anche loro si erano ritrovati.

«Linda, se vuoi c'è posto anche per te ed Emily. Possiamo andare da me a bere una cioccolata per riprenderci dallo spavento» propose Veronica.

«Sì, prendi Emily, così può stare con i suoi amici. Io vi seguo con la mia macchina» rispose Linda.

"Eh, no!" pensò Emily. "Non posso certo perdere l'occasione di capire cosa sia successo davvero!" L'immagine dell'uomo incappucciato era ancora troppo vivida nella sua memoria per pensare che fosse tutto un caso.

Emily spense la torcia del cellulare, sgattaiolò dietro la famiglia di Scott e scattò verso le scale.

«Ok, Emily, andiamo» disse Veronica, ma si guardò subito attorno perplessa. «Emily?»

Linda sbuffò. «Cambio di programma. Voi andate pure, io recupero mia figlia e vi raggiungiamo.»

Emily corse verso la terrazza. Poteva intravedere l'ispettore Mulberry che stava parlando concitatamente con Peggotty e il sindaco.

La giovane investigatrice rallentò, avvicinandosi con

cautela alla grande portafinestra accostata. Provò a sbirciare fuori, ma improvvisamente una figura alta e ingombrante le si parò davanti, impedendole di guardare oltre il vetro.

«Eh, no!» sbraitò Paul Mulberry, sospingendola verso l'interno della villa. «Cosa ci fai tu qui?!»

Il sindaco si avvicinò a sua volta, con aria severa. «Sì, cosa ci fai tu qui?»

«Le ho chiesto io di restare» disse una vocina flebile. Emily si voltò di colpo, sorpresa di vedere Theodora farsi avanti nel corridoio. «Gliel'ho chiesto perché avevo un po' paura... Mamma! Può restare la mia amica Emily?»

La moglie del sindaco piombò accanto alla figlia, lanciando un'occhiataccia al marito. «Sì, Dory-Dory, certo che la tua nuova amica può restare.»

Linda arrivò di corsa. «Emily!»

«Ci mancava solo lei...» sospirò l'ispettore.

«Paul!» lo rimproverò Peggotty.

«Grazie al cielo, Emily, sei qui! Ispettore, sindaco Cray, vi assicuro che non intendo ficcare il naso in cose che non mi riguardano» si scusò Linda, con una mano sul cuore. «Prendo mia figlia e la porto a bere una cioccolata a casa della mamma di Riley. Andiamo, Emily.»

«E io resto qui da sola?» piagnucolò Theodora.

«Dory-Dory, tesorino... non fare così» sospirò preoccupata la signora Cray.

Emily spalancò la bocca per la sorpresa, ma Theodora le fece un piccolo, impercettibile occhiolino.

Emily la assecondò. «Mamma, la mia nuova amica Theodora mi ha chiesto di restare a farle compagnia.»

«Ma, veramente...» tentennò Linda, sotto lo sguardo seccato di Mulberry.

Ma il più inviperito sembrava il sindaco. «Amore, tesoro...» sbuffò guardando prima la moglie e poi la figlia.

«Vieni, ti porto a vedere la mia cameretta» disse Theodora, ignorando suo padre e prendendo Emily per mano.

«Be', credo che quella cioccolata la prenderà con me, che ne dice?» suggerì la signora Cray a Linda. «Ma voi due bimbe non uscite dalla cameretta, mi raccomando!»

«Certo, mamma» rispose Theodora con aria angelica.

Emily sentì l'ispettore dare un secco ordine al suo sottoposto. «Peter, controlla che non escano. E mi raccomando, non fare confusione come tuo solito.»

Theodora condusse Emily in camera sua e si chiuse la porta alle spalle.

«Visto? So sempre come convincerli!» disse con aria furba.

Emily si guardò attorno. Era la cameretta più grande e

sontuosa che la ragazzina avesse mai visto ed era arredata con un'accozzaglia di pizzi, nastri, poster di film e gruppi rock. Era abbastanza facile capire cosa fosse stato scelto dalla signora Cray e cosa da Theodora.

«Grazie per avermi tirata fuori dai guai...» disse Emily.

«Grazie per prima in terrazza. Con loro due so sempre come fare per ottenere quello che voglio» disse Theodora indicando genericamente oltre la porta, dove si trovavano i suoi genitori. «È con gli altri che è difficile!»

Emily ridacchiò. «Senti, ma tu hai capito che cosa è successo? Mi sembra che siano tutti troppo agitati per un semplice guasto all'impianto elettrico.»

«Vuoi sapere cosa penso?» sussurrò Theodora con aria da cospiratrice, facendo cenno all'amica di avvicinarsi. «Secondo me qualcuno ha davvero sparato un colpo di pistola.»

«Accidenti!»

«Tu e tua madre siete due detective, vero? Avete intenzione di indagare?»

«Tuo padre non ne sarebbe molto contento...»

«Uh, è meno cattivo di quanto sembra» minimizzò Theodora con un cenno della mano, poi prese dal comodino uno smartphone ultimo modello. «Scambiamoci il numero di cellulare, così se ci sono sviluppi ti avviso.»

«Ok!» rispose Emily registrando il numero sul proprio telefono.

In quel momento la sirena di un'ambulanza diede due trilli e si udì la vettura fermarsi proprio sotto la finestra della cameretta di Theodora, sul retro della casa.

Le due ragazzine si sporsero dalla finestra per guardare, ma la visuale era bloccata da un grosso pino.

La porta della cameretta si aprì di scatto.

«Emily, andiamo a casa» disse Linda, sulla soglia. Sembrava preoccupata.

«Che cosa è successo?» chiesero Emily e Theodora in coro.

«Non è il caso di spaventare le bambine» suggerì la signora Cray, alle spalle di Linda, parlando come se loro due non fossero lì davanti a lei.

«Dai, mamma, adesso puoi dirmelo!» fece Emily, mentre attraversavano il lungo viale d'ingresso della villa.

«Andiamo a casa, è meglio» rispose Linda. «Prometto che poi ti spiego tutto.»

Un trillo fece sobbalzare Emily, che dopo un attimo di smarrimento controllò il proprio cellulare.

Qualcuno ha sparato alla Morte diceva il messaggio. Il mittente era Theodora.

Emily si piantò in mezzo al viale.

Capitolo 5

«Mamma, tu sai cosa vuol dire, vero?» chiese mostrandole lo schermo.

Linda sospirò. «Qualcuno ha sparato a un uomo che indossava un costume da Morte. Hai presente? Con il mantello, la falce e la maschera da teschio. Poveretto, che brutto presagio è stato quel travestimento... Pare si tratti del farmacista.»

Emily stava per replicare, quando una voce concitata attirò la sua attenzione.

«Non sono stato io! Come te lo devo dire, Paul, non sono stato io!»

Emily corse fino al cancello, seguita da Linda che con i tacchi faceva un po' fatica a starle dietro sul ghiaietto.

«Stai fermo, Owen, non peggiorare la tua situazione» stava dicendo l'ispettore Mulberry, mentre ammanettava un uomo con una felpa grigia con il cappuccio.

«L'uomo incappucciato!» esclamò Emily, e quello si voltò per un istante a guardarla. Emily incontrò nuovamente i suoi occhi scuri e le sembrò di leggerci un forte dispiacere.

«Cosa?» chiese Linda, ma Emily non rispose.

«Wright, dico sul serio, vi conviene andare via subito» disse Mulberry senza nemmeno guardarle. «La situazione è già abbastanza complicata.»

Intanto l'uomo continuava a dimenarsi, strattonando le manette.

«Paul, dai, mi conosci!»

«E questo non depone a tuo favore.»

«Non sono stato io, lo giuro! Ero là per caso, e ho visto un uomo con una maschera da zombie e una pistola in mano. Mi sono accorto che litigava con quell'altro vestito da Morte, ho avuto paura e mi sono nascosto. Ormai sono un esperto: mi sono nascosto per giorni e giorni... Che pessimo momento per tornare! Credimi, io volevo solo vedere...»

«Non qui, Owen. Mi sembra meglio per tutti che non ti sentano» gli intimò Mulberry.

L'uomo arrestato ammutolì, fissando Emily, e Mulberry ne approfittò per spingerlo in macchina. Poi si girò verso le Wright. «Dico sul serio, questa volta non immischiatevi. È una faccenda troppo complicata.»

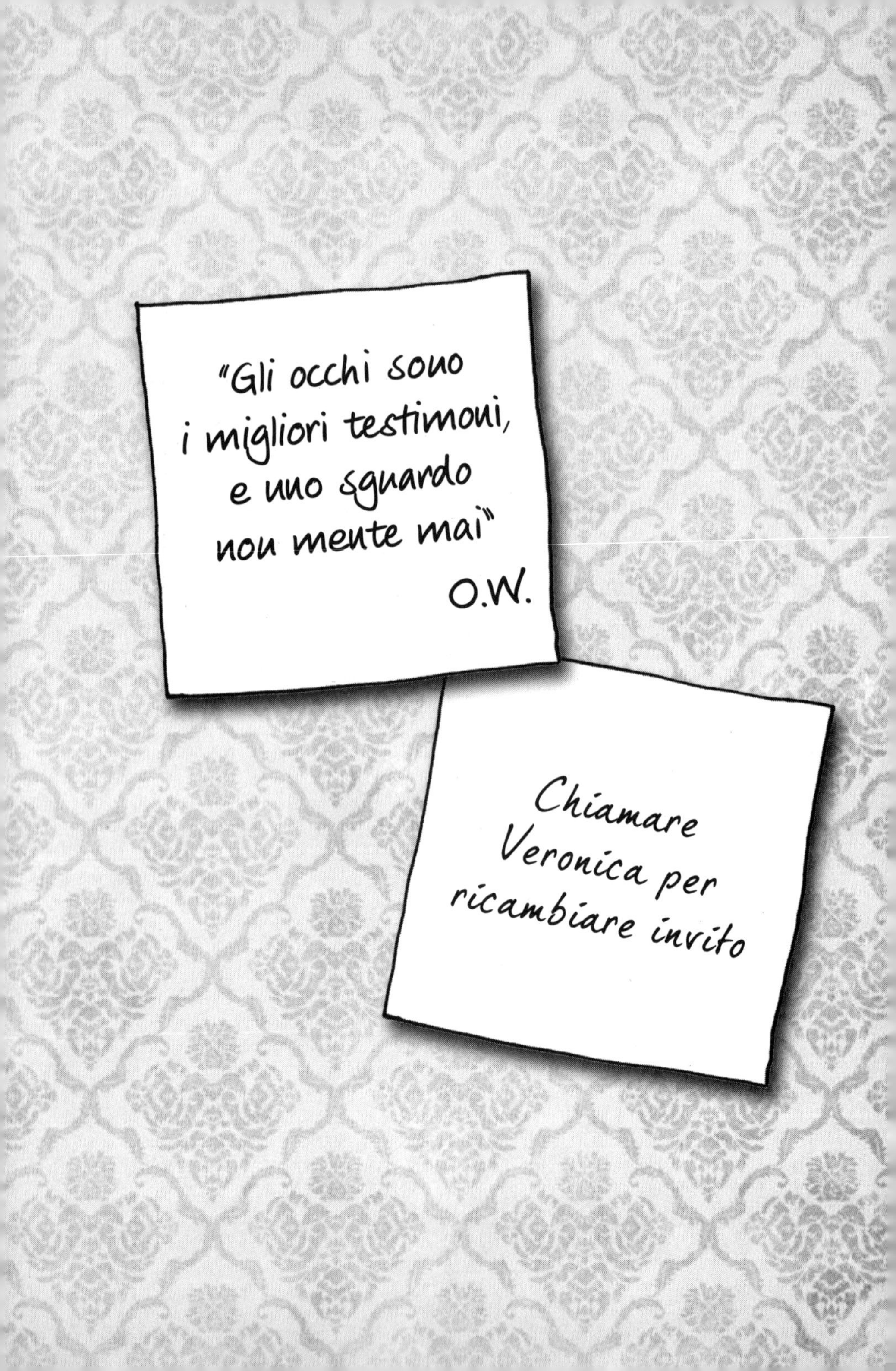
"Gli occhi sono
i migliori testimoni,
e uno sguardo
non mente mai"
O.W.
Chiamare
Veronica per
ricambiare invito

incredibile... Percy
si lascia coccolare!

un tè caldo
in Agenzia

6. Un fantasma del passato

«Poveretto» sospirò Roxi, strofinando vigorosamente il bancone dell'emporio con uno straccio a pois. «Il signor Merrill sembrava un tipo così tranquillo, tutto casa e lavoro...»

Emily stava sorseggiando un caffelatte per colazione, una mano stretta attorno al cellulare, stranamente silenzioso. Lei e Linda si erano alzate presto quel giorno, dopo una breve nottata di sonno agitato, e avevano deciso di fare colazione all'emporio per poter fare quattro chiacchiere e tornare alla normalità. Appena sveglia, Emily aveva scritto a Jamie, Riley e Scott per aggiornarli sugli incredibili sviluppi della nottata. Si era immaginata un diluvio di messaggi in risposta, e invece... niente. Forse nessuno era mattiniero come lei.

«Lo conoscevi, il signor Merrill?» chiese.

«No, non veniva quasi mai all'emporio. Pare fosse un po' tirchio, credo andasse a fare la spesa in un discount a Oaktown» rispose Roxi con una certa riprovazione. «E dire che era anche abbastanza danaroso, a quanto pare.»

«E quell'Owen? Tu sai chi è? Sembrava conoscere molto bene l'ispettore» aggiunse Linda, pensierosa.

«Owen? No, non mi dice niente» rispose Roxi con una scrollata di spalle.

Emily ripensò allo sguardo affranto dell'uomo incappucciato. Zio Orville, nelle sue memorie, diceva sempre: "Gli occhi sono i migliori testimoni, e uno sguardo non mente mai". A Emily quello sguardo non era sembrato per niente simile a quello di un colpevole. E lei di colpevoli ne aveva catturati un po', ultimamente.

Mentre la ragazzina rimuginava, una donna occhialuta e una dai capelli incredibilmente cotonati entrarono a braccetto nell'emporio.

«E poi, dico io, dopo tutti questi anni...» disse l'occhialuta, che si chiamava Henrietta e insieme alla sua amica, di nome Mildred, e a Celia Mulberry faceva parte del terzetto di pettegole più attivo di Blossom Creek.

«Ah, ma io l'ho sempre detto che era un poco di b...» aggiunse la cotonata, ma a metà frase ammutolì, piantando gli occhi su Emily.

«Buongiorno, Mildred, Henrietta» le salutò cordialmente Roxi, con un cenno del capo per ognuna.

Capitolo 6

«Ehm, buongiorno, Roxi» dissero in coro le due donne.

«Vedo che sei impegnata» annaspò Mildred. «Forse è meglio se...»

«... Se torniamo dopo» concluse l'amica. E in un attimo furono fuori dall'emporio.

Roxi si guardò attorno, alzando le sopracciglia. In tutto il negozio, le uniche clienti in quel momento erano Emily e Linda, ed erano già servite.

«Uhm, credo che sia colpa nostra» si scusò Linda. «Probabilmente, essendo amiche della moglie dell'ispettore, avranno avuto istruzione di non parlare con noi per paura che ci mettiamo a indagare.»

«Cosa che in effetti faremo» precisò Emily.

«Mah, non saprei» ribatté Linda. «È una faccenda molto grave, per di più è successa a casa del sindaco, che ci detesta. E dopotutto mi sembra che il colpevole sia stato trovato subito.»

«Mamma, non sappiamo se è colpevole. Lui insisteva nel dire di essere innocente!»

«Emily, tutti i malviventi sostengono di essere innocenti, finché non vengono smascherati.»

«Però aveva qualcosa che...» sospirò Emily. Non voleva dire a sua madre di aver visto il presunto assassino proprio il giorno prima dell'omicidio, altrimenti Linda le avrebbe sicuramente chiesto come mai lo aveva notato, e avrebbe dovuto confessare che le era sembrato che la stesse seguendo. E non riusciva a trovare un collegamento fra questi due avvenimenti.

Emily lanciò l'ennesima occhiata al cellulare.

«Non ti rispondono?» chiese Linda, sbirciando da sopra la sua spalla.

«No» rispose la ragazzina, senza nemmeno invocare il diritto alla privacy. Tanto nessuno dei suoi amici le aveva scritto niente. Forse stavano ancora dormendo.

«Buongiorno!» esclamò Peggotty, entrando nel negozio e strappando Emily alle sue elucubrazioni. «Un caffè lungo, per favore, Roxi, che ho bisogno di energie: dopo una nottata così, e con la giornata che mi aspetta... Un sacco di persone che erano alla festa si sono spaventate e mi stanno chiamando d'urgenza per tremori e presunti colpi apoplettici, che ad altro non sono dovuti se non a un pochino di panico e a una notte insonne» spiegò la donna, che a settantatré anni era ancora il miglior medico in zona.

Emily si illuminò. «Peggotty, tu che eri lì e hai visto la vittima, hai assistito alle indagini di tuo figlio Paul e hai parlato con Cray, raccontaci cosa sai di quello che è successo!»

Peggotty sospirò, prendendo la tazza di caffè che Roxi

le porgeva e sorseggiando lentamente la bevanda prima di rispondere. «Emily, ho promesso a mio figlio di non dirvi niente. Non questa volta. E poi c'è il segreto professionale.»

Emily la guardò delusa. «Ma perché nessuno vuole dirci niente? Sembra quasi che ce l'abbiano tutti con noi! Nemmeno Jamie mi risponde! E Riley! E Scott!»

«Temo che i tuoi amici siano tutti in castigo» spiegò Peggotty, dopo un attimo di esitazione. «Pare che abbiano tentato di sgattaiolare fuori dalla casa di Riley, dopo aver ottenuto il permesso di rimanere tutti lì a dormire. Li aspetta almeno una settimana senza cellulare e senza uscite pomeridiane.»

«Uffi, loro non possono aiutarci, allora... Ma tu sì!»

«Emily, ascoltami, la situazione è un po' complicata...» cercò di spiegare Peggotty.

«Almeno sai dirci chi è Owen, il presunto colpevole?» chiese Emily. «Paul sembrava conoscerlo bene!»

«Devo prima capire che direzione prenderanno le indagini, è il...»

«Ok, ok. Segreto professionale!» sbuffò la giovane investigatrice.

«Emily!» la redarguì Linda. «Lo sai che Peggotty ci tiene all'Agenzia Wright, se non ci dice niente di sicuro avrà le sue buone ragioni.»

Emily scattò in piedi, affondando le mani nelle tasche della felpa. E si trovò fra le dita qualcosa di frusciante. Estrasse dalla tasca il sacchettino di crackers, mentre alcune parole riaffioravano nella sua mente.

«"Mi sono nascosto per giorni e giorni"...» esclamò.

«Eeeh?» chiese Linda.

«"Mi sono nascosto per giorni e giorni"! È quello che ha detto Owen all'ispettore. E io so dove!» Senza aspettare oltre, Emily prese Linda per mano e la trascinò fuori dall'emporio. «Mamma, metti in moto il maggiolone, si va a Harlow House!»

«E tu saresti entrata lì dentro insieme ai tuoi amici?!» la sgridò Linda sulla soglia della casa abbandonata. Con la luce del sole sembrava meno minacciosa e solo molto, molto pericolante.

«Ehm, sì, è tipico di Blossom Creek. Mamma, per essere delle buone investigatrici dobbiamo integrarci nel tessuto sociale, lo scrive sempre anche zio Orville!»

«Spero almeno che ci siate entrati prima del tramonto, questo posto all'imbrunire dev'essere davvero buio, da non vedere dove si mettono i piedi» osservò Linda, entrando e saggiando cautamente la tenuta del pavimento.

«Ehm, certo, mamma» si affrettò a confermare Emily.

Capitolo 6

Alcuni particolari della sua precedente visita lì dovevano assolutamente restare segreti. «Attenta alle scale.»

«Emily, sembra che questa catapecchia debba crollare da un momento all'altro!» si lamentò Linda, aggrappata al corrimano.

«È più solida di quello che sembra, ha ospitato un fuggitivo. O un ricercato. Insomma, un uomo misterioso, mangiatore di crackers!» esclamò Emily, sventolando la bustina di plastica che ancora conteneva qualche residuo di briciole.

Arrivata al piano superiore, Emily avanzò verso la stanza in fondo al corridoio, la cui porta, sbattendo, l'aveva terrorizzata qualche notte prima. Con la luce del giorno sembrava semplicemente una vecchia porta scrostata. Emily mise la mano sulla maniglia, inspirò a fondo e spinse. Davanti a lei si aprì una stanza spoglia, ma meno impolverata delle altre. Il grosso letto a baldacchino al centro della stanza era sfondato, e un materasso era stato trascinato in un angolo. Accanto, c'erano alcuni vestiti appallottolati, una sacca da palestra, un pacco di crackers, qualche bottiglia d'acqua, alcune scatole di merendine e una confezione vuota di prosciutto. E, assicurata a una crepa nel muro, c'era una fotografia.

Emily si avvicinò lentamente. La foto ritraeva un bambino

di al massimo un anno, che indossava una piccola polo, un paio di jeans con il risvolto e minuscole scarpine da ginnastica con lo strappo. Era in braccio a una figura in ombra, di cui si vedevano appena i capelli, che le nascondevano il viso abbassato verso la testolina del bambino, e una mano, che sosteneva un braccino grassoccio del piccolo. Sul polso c'era un segno scuro, come una scritta. Sembrava... un tatuaggio. E gli occhi del bambino erano di un colore chiarissimo, azzurro ghiaccio.

«Riley!» esclamò Emily, mentre il suo cuore faceva una capriola nel petto.

«Cosa?» chiese Linda avvicinandosi.

«Riley!» ripeté Emily, mentre un'ipotesi incredibile si faceva strada nella sua mente. Owen conosceva Mulberry, ma non erano amici. Era di Blossom Creek, ma per tornarci si era dovuto nascondere. Owen non stava seguendo Emily quel giorno in cartoleria, come lei aveva creduto inizialmente...

«Owen è il papà di Riley!»

«Dobbiamo aiutarlo, sono sicura che non è stato lui!» esclamò Emily, seduta al posto del passeggero sul maggiolone di Linda.

«Emily, lo so che Riley è tuo amico, e che vorresti che

suo padre fosse innocente, ma se fosse stato lui? Riley è un bravo ragazzo, ma magari suo padre è un altro tipo di persona. Dopotutto ha abbandonato la famiglia quando il figlio era molto piccolo, e se ne è completamente disinteressato. Un uomo con un minimo di senso della decenza non farebbe una cosa del genere...» argomentò Linda, dubbiosa.

«L'ho visto che ci seguiva, il giorno in cui ho accompagnato Riley a comprare il costume per Halloween. Cioè, seguiva Riley... Andiamo alla stazione di polizia, voglio raccontarlo all'ispettore Mulberry, magari può essergli utile!»

Linda le lanciò un'occhiata dubbiosa. «Be', se può farti sentire meglio...»

Il maggiolone si fermò con uno dei suoi sospiri da vecchio macinino malandato, quasi fosse sollevato del fatto che Linda avesse deciso di parcheggiare.

Emily si preparò a entrare nell'ufficio dell'ispettore e a ricevere, come sempre, un'occhiata tra il divertito e l'infastidito. Certo, questa volta era diverso, questa volta Linda non aveva architettato nessun fantasioso piano per carpire informazioni alla polizia, ed Emily era intenzionata a dare una mano, non a risolvere il caso. Questa volta l'ispettore sarebbe stato contento dell'aiuto, e forse avrebbe addirittura permesso loro di collaborare almeno un pochino...

Una donna intabarrata in un cappotto scuro, con la

sciarpa tirata fino agli occhi, coperti da un paio di occhiali da sole, uscì dalla stazione di polizia e si fermò davanti all'ingresso, a pochi passi da Emily e Linda.

«Immagino abbiate saputo» disse, alzando gli occhiali scuri e mostrando un paio di occhi azzurrissimi e preoccupati.

«Veronica...» iniziò Linda.

«Non è stato lui!» esclamò Emily con trasporto.

La madre di Riley fece un sorriso stanco. «Non sono preoccupata per Owen, ma per come la prenderà Riley. Non so per quanto tempo ancora riuscirò a tenergli nascosta questa situazione.»

«Ti va di parlarne con calma davanti a una tazza di tè?» chiese Linda.

«Sì, ho spedito Riley da mia madre, e due chiacchiere mi farebbero bene. Grazie.»

Linda lanciò un'occhiata a Emily, che fece dietrofront e corse a spalancare la portiera del maggiolone.

Un quarto d'ora dopo erano nello studio di zio Orville. Veronica si era accomodata su una delle poltrone, di fronte a Linda, mentre Emily era appollaiata come suo solito sul bracciolo accanto a sua madre. Il tè era sul tavolino, con un piattino di biscotti al farro, e nessuno osava parlare, un po' per la situazione difficile e un po' perché il vecchio gatto Percy, con grande stupore di Emily e Linda, si era acciambellato in braccio a Veronica e stava facendo le fusa a tutto spiano.

«Ma che tenero coccolone!» esclamò Veronica, ignara dell'abituale caratteraccio del gatto, grattandolo sotto il mento. «Come siete fortunate ad avere un animaletto tanto affettuoso!»

«Ehm, non è che faccia così proprio con tutti» osservò Linda, stupita.

«Direi che non fa così con nessuno. Con me no di sicuro» puntualizzò Emily, lanciando un'occhiataccia all'ingrato felino. Ma non era il momento di recriminare sulle difficoltà di comunicazione con gli animali domestici. «Veronica, ehm, come è successo che... il papà di Riley è tornato e... ehm...»

«Ed è finito in prigione?» concluse per lei Veronica. «Non ne ho idea, ma non è la prima volta che Owen ha dei guai con la giustizia. Certo, la prima volta non era per omicidio.»

Emily sussultò. Quindi il padre di Riley era già stato in prigione.

«Ti va di parlarci di lui?» chiese Linda.

Veronica le guardò per un istante in silenzio. «Potete aiutarmi a uscire da questa brutta situazione?»

«Possiamo provarci» rispose Linda.

«Abbiamo risolto casi difficilissimi!» confermò Emily, a sostegno dell'affidabilità dell'Agenzia Wright.

«Ok» sospirò Veronica. «Per farla breve, ho conosciuto Owen quando avevo poco più di vent'anni. Lui era molto più grande di me e terribilmente affascinante. Un anno dopo ci siamo sposati, e due anni dopo è nato Riley. Ma l'uomo di cui mi ero innamorata era in realtà un gigantesco imbecille. Owen lavorava per un'azienda di autotrasporti, guidava i camion. Spesso era fuori per lavoro, con orari assurdi, viaggi, imprevisti, contrattempi... E alla fine è venuto fuori che rubava ai suoi datori di lavoro per fare il ricettatore. Una cassa di jeans qua, uno scatolone di toner per stampanti là... E poi una finta rapina in una stazione di servizio che casualmente aveva le telecamere a circuito chiuso guaste. Finché il suo capo l'ha beccato mentre stava addirittura rubando il carburante dei camion parcheggiati in deposito. E così è stato arrestato, e io, cadendo dalle nuvole, ho scoperto che mio marito non solo era un ladro, ma aveva fatto tutto ciò per coprire dei debiti di gioco.»

«Uh, accidenti, mi dispiace» fece Linda con aria comprensiva.

«E come se non bastasse, quando è uscito di galera è tornato a casa solo per fare le valigie, poi è sparito completamente. Ci siamo rivisti solo per le pratiche di divorzio. Non che lo volessi ancora come marito, né che fosse un grande esempio come padre, però abbandonare suo figlio così...»

Emily sentì una stretta al cuore. Lei sapeva bene che cosa volesse dire rimanere senza papà, ma addirittura in quel modo...

Veronica scosse la testa. «Fortunatamente Riley è cresciuto benissimo ugualmente. Posso dire con orgoglio che non assomiglia per niente a suo padre. Purtroppo in tutta questa storia sarà lui a soffrire di più. Che Owen sia colpevole o meno.»

Emily si morse un labbro, incerta se rivelare quello che sapeva. «Veronica, devo dirti una cosa. I giorni prima della festa ho visto Owen che ci seguiva. Cioè, che seguiva Riley, credo.»

«Ma che brutto bugiardo!» esclamò Veronica. «Una settimana fa è venuto da me al lavoro, mi ha fatto prendere uno spavento tremendo, e mi ha chiesto di poter vedere suo figlio. Io ovviamente gli ho detto di stargli alla larga, o avrei chiamato Paul Mulberry. I due si detestano fin dalle elementari, ed è stato Mulberry ad arrestarlo per i furti all'azienda di autotrasporti. Pensavo che questo bastasse a dissuaderlo, e infatti ha promesso di andarsene, ma capisco di averlo sottovalutato di nuovo. Non hai detto niente a Riley, vero?»

«No» la rassicurò Emily, ma poi sobbalzò. «Accidenti, però stamattina gli ho mandato un messaggio in cui dicevo che il presunto colpevole si chiama Owen!»

«Non preoccuparti» rispose Veronica posando una mano sulla sua borsa. «Il suo telefono è qui con me. Grazie al cielo Riley mi ha dato l'occasione di metterlo in castigo e per tutto il weekend starà dalla nonna. Ma da lunedì inizierà la parte difficile...»

«E allora risolviamo il caso entro lunedì!» esclamò Emily, convinta.

«E come?» chiese Veronica. «Non so nemmeno perché sia tornato. E cosa ci facesse alla festa. O se avesse qualche motivo per uccidere il farmacista...»

«Già, il farmacista...» osservò Linda. «Non sappiamo ancora niente di lui.»

Linda,
grazie della
chiacchierata!

Veronica

Entro lunedì...
mamma, c'è
pochissimo tempo!

l'indagine deve continuare!

Peter non si tira mai indietro...

7. Una soffiata fortunata

Emily portò in tavola una zuppa di zucca con crostini di pane nero, preparata da Linda, senza nemmeno lamentarsi dell'ennesimo trucco della madre per propinarle la verdura per pranzo. Era troppo impegnata a trattenere l'eccitazione per quanto sicuramente avrebbe scoperto.

Quando anche Linda si fu seduta a tavola, Emily si protese in avanti, con aria da cospiratrice.

«Sappiamo chi è Owen» annunciò. «Owen Cooper, il padre di Riley.»

Peggotty, Albert e Fred sospirarono all'unisono. I due uomini guardarono l'amica di sempre, che sorrise, dispiegò il tovagliolo e disse: «Emily, capisci che non potevo dirti una cosa del genere. L'avevo promesso a Paul, per proteggere Riley. E anche te, Jamie e Scott. Avreste preso questo caso troppo sul personale».

«Ma è personale!» esclamò Emily con trasporto. Poi arrossì. Forse ci aveva messo troppo sentimento. E poi, sentimento di che tipo? Con tutto quel nominare Riley in continuazione, stava andando ancor più in confusione. Ma zio Orville diceva sempre: "Un buon investigatore non si fa distrarre dalle motivazioni personali". «Cioè, insomma, Riley è un mio amico, un amico di Jamie... ehm...»

«Hai fatto bene» intervenne Linda, intenta a scodellare generose porzioni di zuppa, rivolgendosi a Peggotty.

Peggotty sospirò. «Tanto ero certa che nell'arco di poche ore avreste scoperto tutto: non c'è segreto che tenga, con due investigatrici come voi!»

Emily annuì, scoprendosi un po' compiaciuta. Lei e la mamma stavano diventando sempre più brave.

«Veronica ci ha chiesto di aiutarla» spiegò Linda.

«Ahi ahi» fece Fred. «Non credo che questa volta Paul la prenderà bene.»

«Bah, a mio figlio non va mai bene niente» minimizzò Peggotty con un cenno della mano. «Ormai siamo in ballo... E noi siamo esperti di ballo, vero, amici?» sorrise.

«Ma certo!» confermò Albert. «Avete davanti il primo classificato, per ben sette anni di fila, alla gara di danze popolari di Oaktown, dal millenovecentottant...»

Fred fece una smorfia, agitando le sopracciglia

cespugliose. «Ma piantala, vecchio pavone spiumato! Era in senso figurato...»

«Spiumato? Guarda che io, a differenza di te, ce le ho ancora tutte le mie piume» rispose Albert, ravviandosi la chioma candida e indicando l'ampia pelata dell'amico.

«Concentrazione, ragazzi!» fece Peggotty, agitando le mani come un direttore d'orchestra, e i due "ragazzi" ultrasettantenni si zittirono immediatamente.

«So che da quando vi ho telefonato sono passate meno di due ore, ma avete per caso scoperto qualcosa di significativo sul farmacista?» chiese Linda.

Peggotty si schiarì la gola. «Come sapete, la causa del decesso è stata un colpo di pistola. Il poveretto è morto all'istante e quando l'ho raggiunto non ho potuto che constatarne il decesso. Nei pressi del corpo non c'era nulla di utile all'indagine. Merrill indossava ancora il suo costume da Tristo Mietitore, che cattivo auspicio... Era un mio paziente, e a quanto ne so non aveva parenti prossimi. Durante il mio giro visite di oggi, tutti non facevano altro che descriverlo come un uomo tranquillo e schivo.»

«Già. Ho convinto Martha a lasciarmi sbirciare gli archivi comunali» confermò Fred, che essendo stato l'archivista del paese per svariati decenni aveva ancora accesso agli uffici, dove ogni tanto dava una mano a chi lo aveva sostituito.

«Età cinquantasei anni, genitori entrambi deceduti. Era figlio unico, non ci sono certificati di matrimonio. Ci sono un paio di immobili registrati a suo nome dall'ufficio tecnico. Era proprietario di un cottage, nel quale abitava, e della farmacia, ma anche di alcune case che affittava. Le ha comprate tutte nell'arco di pochi anni, tranne la farmacia, che era di suo padre. In paese si diceva che avesse ricevuto una grossa eredità da uno zio d'America.»

Albert scosse la testa. «Però ho chiesto al notaio che ha seguito tutti i suoi atti ufficiali e, sebbene risultino gli atti di compravendita, non c'è traccia di nessuna tassa di successione, né testamento, né eredità, se non quella ricevuta dal padre, che però comprendeva solo la farmacia e la casa di famiglia. Ma sapete una cosa? Il notaio si è fatto scappare un'indiscrezione: pare che Merrill fosse ricchissimo.»

«Quindi sembra che non esista nessuno zio d'America...» meditò Emily. «I soldi potrebbero essere una buona traccia!»

«Sì, ma come facciamo a seguirla?» chiese Linda.

Emily si afflosciò sulla sedia. «Mi sa che dobbiamo tornare al piano A» disse mestamente.

«E quale sarebbe?» chiesero in coro tutti quanti.

«Andare a parlare con l'ispettore Mulberry.»

Capitolo 7

«Sei sicura che sia una buona idea?» chiese Linda, davanti alla porta dell'ispettore. Probabilmente Peter era impegnato da qualche parte con le indagini, così le due investigatrici avevano raggiunto senza intoppi l'ufficio di Mulberry.

Emily bussò.

«Avanti, ormai ti riconosco» la accolse l'ispettore che, con i gomiti sulla scrivania e la testa fra le mani, stava leggendo un fascicolo. Ma quando alzò lo sguardo rimase per un attimo stupito.

«Ehm, buongiorno» lo salutò Linda con un ampio sorriso.

«Ma guarda un po'... Dev'essere una cosa seria se c'è la squadra di ficcanaso al completo» ironizzò l'ispettore. «E comunque, no.»

«*No* cosa, che non abbiamo ancora detto una parola?» ribatté Linda, ergendosi in tutto il suo metro e sessanta scarso.

«*No*, non vi aggiorno sul caso Merrill, ecco cosa.»

«Ma se ci lasciasse parlare...» iniziò Linda, agitando l'indice, battagliera.

«Ma se lei mi lasciasse lavorare...» replicò l'ispettore.

«Vogliotestimoniaresuunacosachehovisto!» disse Emily tutto d'un fiato, per interrompere il battibecco. Aveva sottostimato il potere esplosivo di quei due a distanza ravvicinata.

«Cosa?» chiesero l'ispettore e Linda all'unisono, voltandosi verso di lei.

«Voglio testimoniare su una cosa che ho visto» ripeté Emily, scandendo le parole. Poi prese una sedia, si sedette composta e iniziò a raccontare, a partire dalla visita a Harlow House, tralasciando tutta la parte della fuga notturna.

«Non avrete mica fatto la Sfida?!» la interruppe Mulberry.

«Ehm, la sfida? Quale sfida?» rispose Emily con sguardo innocente.

«Di che cosa state parlando?» si intromise Linda.

«Lasci perdere, lasci perdere, Wright. Vecchie tradizioni di paese. Ma stasera farò una chiacchierata con Jamie, giusto per mettere un paio di cose in chiaro» glissò l'ispettore, e a Emily parve di cogliere nei suoi occhi un lampo divertito e un po' stupito. Un lampo quasi orgoglioso.

Prima che Linda potesse chiedere altre spiegazioni sulla Sfida, Emily si affrettò a raccontare il resto della storia, dal pacchetto di crackers al pedinamento di Riley da parte di Owen, al ritrovamento della fotografia durante la sua seconda visita a Harlow House. A quel punto Linda raccontò l'incontro con Veronica, che aveva confermato loro l'identità di Owen, e spiegò che la donna le aveva ingaggiate per scoprire qualsiasi cosa potesse affrettare le indagini.

«È gratificante, come rappresentante delle forze dell'ordine, sapere di avere la fiducia dei cittadini...» sbuffò Mulberry. «Capisco che Veronica stia passando un pessimo momento, ma avrebbe dovuto usare un po' più di giudizio.»

«Ma noi possiamo aiutarla!» esclamò Emily.

L'ispettore si raddolcì un poco. «Emily, lo so che vuoi bene a Riley, ma la mia risposta è no.»

Emily arrossì vistosamente, tossicchiando per dissimulare l'imbarazzo.

«Riley è un bravo ragazzo» continuò l'ispettore, ignaro del turbamento causato dalle sue parole. «Ed è il migliore amico di mio figlio fin dall'asilo... ma ti assicuro che suo padre non è come lui. Purtroppo lo conosco bene.»

«Ma non potrebbe essere innocente? Che movente aveva per uccidere il farmacista? Owen non abita a Blossom Creek da anni, ormai!» insistette Emily.

«Infatti: che motivo poteva avere, chiunque sia stato?» lo incalzò Linda. «Il farmacista, a detta di tutti, era un tipo schivo e riservato...»

«Già, ma aveva molti soldi» proseguì Emily con foga. «E nessuno zio d'America!»

«Calma, calma, mi state facendo venire il mal di testa» rispose l'ispettore agitando le mani. «La mia risposta resta "no": non vi coinvolgerò nelle *mie* indagini, e non vi dirò niente di questo caso.»

Una soffiata fortunata

A quel punto la porta si aprì con un cigolio, e uno scatolone dotato di braccia e gambe entrò nell'ufficio. Era Peter, che reggeva un enorme carico di buste e scartoffie.

«Ispettore, ho qui tutte le prove del fatto che Merrill fosse uno strozzino, dove le metto?»

«Che cosa? Uno strozzino?!» esclamarono in coro Emily e Linda.

Mulberry si passò una mano sul viso, sbuffando rumorosamente. «Non te lo dico, Peter, perché qualsiasi cosa io possa dirti in questo momento non è adatta a orecchie troppo giovani.»

Peter fece capolino da dietro il suo fardello di carta e cartone e spalancò gli occhi.

«Mi scusi, ispettore, non sapevo che ci fossero anche loro, qui...»

Mulberry guardò Linda dritto negli occhi. «Vi rendete conto che è un'informazione riservata, vero, in un'indagine per omicidio? Dovete promettermi, tutte e due, di mantenere il più assoluto silenzio su quello che avete appena sentito.»

Linda si produsse in uno dei suoi migliori sorrisi, con tanto di fossetta.

«Certo. Ma a una condizione.»

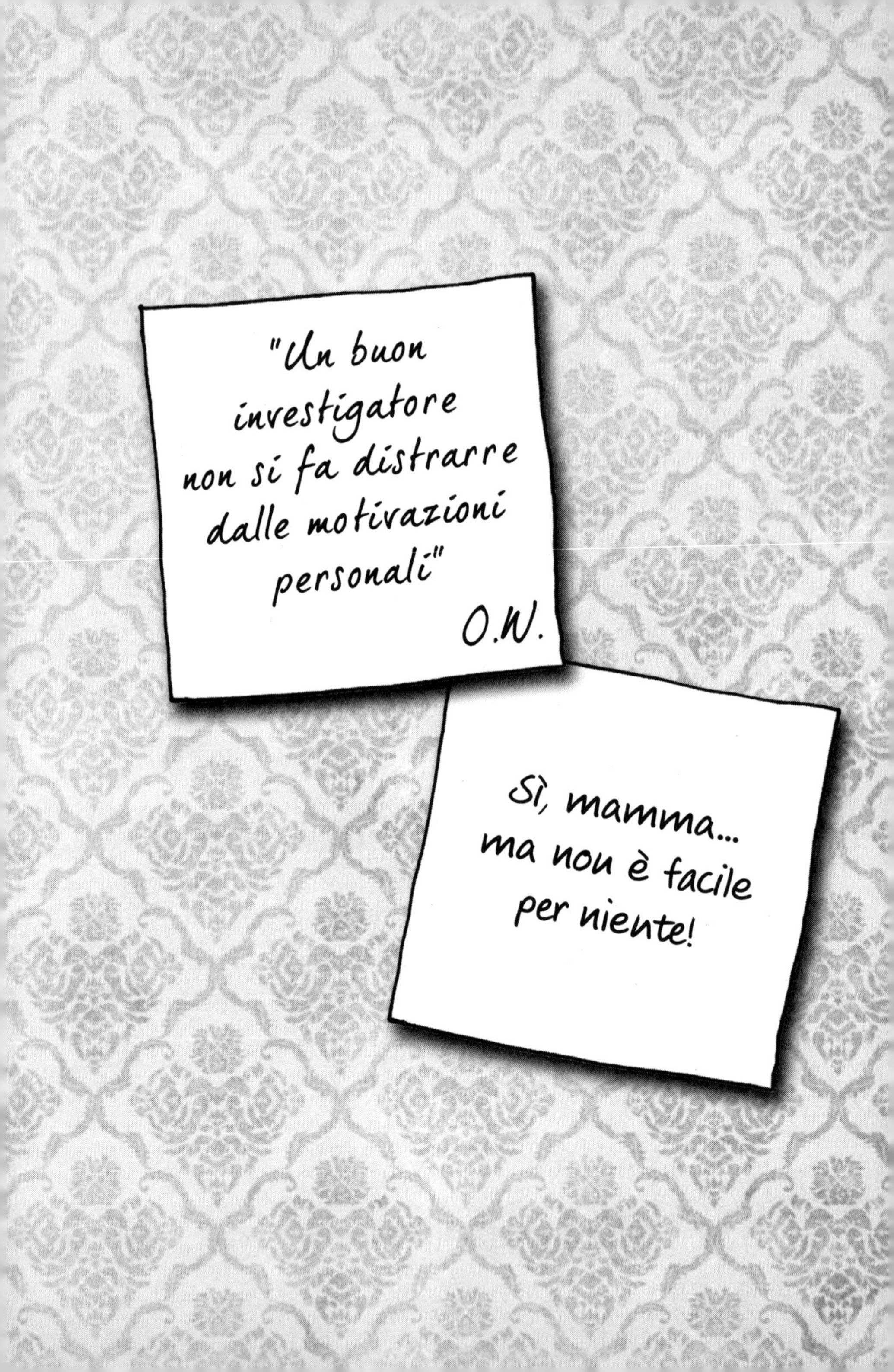
"Un buon investigatore non si fa distrarre dalle motivazioni personali"
O.W.
Sì, mamma... ma non è facile per niente!

cosa ci fa Riley qui?
non so che dire...
ma devo aiutarlo!

8. La maschera mancante

«Io non so perché mi sono lasciato convincere» borbottò Mulberry scortandole lungo i corridoi della centrale di polizia, in un'ala che Emily non aveva mai visto.

«Forse perché sotto sotto pensa che possiamo davvero darle una mano?» azzardò Linda.

«Non giochi con la mia pazienza, Wright.»

Emily deglutì rumorosamente. Al posto del grande vetro a specchio che si era aspettata, come quello delle sale da interrogatorio dei film americani, c'era una porta chiusa, con un piccolo riquadro a vetri troppo alto per lei.

«Posso mandarvi via in ogni momento, quindi niente colpi di testa» le ammonì l'ispettore. Poi guardò Emily, con un'espressione seria che la stupì ma le diede anche una inaspettata sensazione di calore. Era uno sguardo che gli aveva visto in volto in altre occasioni, quando Jamie era in difficoltà per qualche ragione: uno sguardo da papà preoccupato. «Emily, so che potresti restarci molto male, dopo questo colloquio. Ricordati che Owen potrebbe essere colpevole, anzi, molto probabilmente lo è. E ricordati che lui non è come Riley, e Riley non è come lui.»

Prima che Emily potesse rispondere qualsiasi cosa, Mulberry fece un cenno del capo a Peter, che aprì la porta. Nella stanza c'era Owen Cooper, con le manette ai polsi, seduto a una scrivania, con gli occhi puntati al pavimento.

«Cosa c'è, ispettore? Devo ripeterti tutto da capo? Di nuovo? Tanto non mi crederai mai, anche dopo duecento volte» disse l'uomo senza alzare lo sguardo, con la voce stanca e un po' roca.

«Ehm, signor Cooper...» accennò Emily, dondolando sulle punte delle scarpe da ginnastica.

L'uomo si voltò verso di lei, con gli occhi arrossati, e la guardò come se stesse cercando di metterla a fuoco.

«Tu sei l'amica di mio figlio!» esclamò, riprendendo colore e scattando in piedi.

«Per favore, stai seduto» disse Mulberry, severo ma non scortese.

Owen si lasciò cadere nuovamente sulla sedia.

«Mi chiamo Emily» accennò lei, impacciata. «E lei è mia madre Linda.»

Capitolo 8

«Sei venuta a testimoniare di avermi visto mentre seguivo Riley?» sbuffò lui, fissando il muro. «Non lo vedo da nove anni. Che tempismo perfetto per tornare, vero?»

«Signor Cooper» intervenne Linda. «Sono la titolare, insieme a mia figlia, dell'Agenzia Investigativa Wright.»

«Ma dai, questa è la nipotina del tuo amico Orville?» chiese Owen a Mulberry, indicando Emily.

Emily si voltò di scatto verso l'ispettore con gli occhi spalancati, ma lui evitò il suo sguardo e, sempre fissando Owen, rispose: «Ascolta cos'ha da dire la signora».

«Sono stata ingaggiata dalla sua ex moglie per indagare su quanto accaduto la notte dell'omicidio.»

«Ah, adesso Veronica si interessa di quello che può succedermi? Ma se pochi giorni fa mi ha detto di stare alla larga da Riley o mi avrebbe fatto avere un'ingiunzione restrittiva dal tribunale... Secondo me vuole essere certa che la polizia mi sbatta in galera e butti la chiave.»

«Era perché Veronica non le ha permesso di vedere suo figlio che lo seguiva di nascosto?» chiese Emily.

Owen la fissò per un istante, in silenzio. Aveva gli zigomi sporgenti, la bocca sottile e la carnagione chiara. La fronte era solcata da rughe d'espressione. Anche se il colore degli occhi era diverso, qualcosa nel suo volto le ricordò lo sguardo di Riley, solo più duro e arrabbiato. Poi all'improvviso Owen distolse lo sguardo e fece spallucce. «È pur sempre mio figlio.»

«Ci racconti la sua versione dei fatti» lo incitò Linda.

«Come se servisse a qualcosa» sbuffò lui.

L'ispettore spostò il proprio peso da una gamba all'altra, con fare insofferente. «Wright, andiamo, non ne caverete niente di utile.»

«No, aspettate» disse Owen. «A differenza del qui presente Paul, Orville Wright mi era simpatico. Magari voi riuscite a capire qualcosa di più di queste teste vuote in divisa.»

L'ispettore serrò la mandibola. Ma quando Emily gli lanciò un'occhiata supplichevole, lui alzò gli occhi al cielo e le fece cenno di andare avanti.

«Io penso che lei... che lei potrebbe non essere colpevole» disse Emily.

Owen si passò le mani sui corti capelli neri e inspirò profondamente. «Oh, qualcuno che ragiona. Lo dico da ieri notte, mi si è seccata la gola a furia di ripeterlo: io sono innocente. Volevo solo rivedere mio figlio... Quando me ne sono andato, nove anni fa, l'ho fatto perché sapevo di causare solo guai a Veronica e Riley. Ma adesso ho chiuso col gioco d'azzardo, mi sono rifatto una vita, non ho più avuto guai con la giustizia. Ho anche ricominciato a guidare i camion, e vi assicuro che non è sparita più nessuna cassa di merce... Volevo incontrare Riley, ma Veronica me l'ha proibito. Però non potevo pensare di andarmene senza nemmeno vederlo. Ma non potevo farmi vedere in paese, mi avrebbero riconosciuto tutti.»

«Con la bella fama che ti sei fatto...» commentò Mulberry.

Owen lo ignorò. «Così mi sono nascosto a Harlow House. Mi è sempre piaciuta quella catapecchia. La usavo da giovane quando volevo starmene un po' da solo, e nei miei periodi peggiori ne ho fatto il deposito della merce in transito. Nessuno ci sarebbe mai entrato, se non i ragazzini alle prese con la Sfida. A proposito, Emily, ero io a sbattere la porta e a ululare come un imbecille, non un fantasma. E non volevo terrorizzarvi a morte, solo farvi scappare via per non farmi scoprire. Il ruolo del fantasma mi si addice, l'avevo già interpretato anni fa con quel ragazzetto, quel Philip. Volevo che si togliesse dalle scatole perché dovevo portare della merce a un ricettatore, ma quel genio, invece che correre fuori dalla porta, si è chiuso nell'armadio dell'ingresso, e ha trovato il coraggio di uscire solo a mattina inoltrata, facendomi saltare la consegna.»

Emily trasecolò. Ecco spiegato tutto, anche l'inquietante aneddoto sul povero Phil.

«E cosa ci faceva alla festa del sindaco Cray?» chiese Linda.

«Ho pensato di mascherarmi ed entrare, per poter vedere

mio figlio da vicino senza farmi scoprire. Ma la moglie del sindaco faceva fotografare tutti all'ingresso, prendendo nome e cognome per il suo stupido concorso per maschere. Così ho buttato via il lenzuolo bucato con il quale avevo pateticamente pensato di potermi camuffare da fantasma, che in realtà non mi faceva vedere un accidente, e mi sono nascosto in giardino, per sbirciare dalle finestre. Ho visto mio figlio, che si era rintanato nella biblioteca del sindaco a mangiare tartine da un piattino di carta e sbuffare in poltrona, isolato da tutti, e ho pensato che come padre ero stato proprio il peggio che gli potesse capitare. Così ho deciso di andarmene di nuovo, questa volta per sempre. Quando, allontanandomi, mi sono voltato indietro verso la villa, per dare un ultimo saluto a Blossom Creek, ho visto le luci andare via. Mi sono fermato perché era buio pesto, e quando i miei occhi si sono abituati all'oscurità ho visto sulla terrazza, alla luce dei funghi riscaldanti, un uomo con in mano una pistola. Allora sono corso indietro, e per raggiungerlo e fermarlo mi sono arrampicato sulla grondaia. Temevo per l'incolumità di Riley, capite?»

«E poi cos'è successo?» chiese Emily, torcendosi le mani per la tensione.

«Mi sono affacciato al parapetto proprio quando l'uomo con la pistola ha sparato. All'inizio non ho capito a chi o che cosa, poi ho visto una sagoma nera cadere a terra. Approfittando del buio mi sono nascosto dietro i tavolini, e ho osservato l'uomo con la pistola. Portava una maschera da zombie, di quelle con il cervello che esce fuori dalla testa e il sangue finto. Volevo fermarlo, ma, capite... era armato. È saltato giù dalla stessa grondaia che avevo usato io per salire, e in un attimo è sparito.»

«Be', ma allora è facile» disse Emily, incredula. «Basta cercare l'uomo con la maschera da zombie!»

L'ispettore sospirò, stringendosi la radice del naso fra pollice e indice. «Peccato che alla festa non ci fosse nessun uomo con una maschera da zombie. Una decina di persone truccate da zombie, questo sì, ma nessuno con una maschera. I miei uomini hanno fatto scorrere le centinaia e centinaia di foto scattate dal fotografo e da altri abitanti di Blossom Creek. Possiamo dire di avere le foto di tutti i presenti, nessuno escluso. E non esiste nessuna maschera da zombie.»

«Perché avrei dovuto inventarmelo, Paul?» fece Owen, protendendo le mani ammanettate.

«Perché eri stato uno dei debitori di Merrill, ecco perché!» sbraitò l'ispettore.

«Ma ho saldato tutti i miei debiti con quello strozzino!» rispose Owen. «Te l'ho detto, ho voltato pagina!»

«E allora perché non sei venuto da me subito? Perché ti sei nascosto e quando mi hai visto ti sei messo a correre?»

«Perché sapevo che ce l'hai con me. Ce l'hai sempre avuta con me. Io non avrei fatto tutto quello che ho fatto, se la gente non ce l'avesse sempre avuta con me senza motivo.»

«Bravo, continua a dare la colpa agli altri dei tuoi disastri...» Mulberry guardò Emily e Linda. «Andiamo, il tempo è scaduto. Questo è tutto quello che dovevate sentire.»

Quando si fu chiuso la porta alle spalle, Emily gli si parò davanti, con le mani sui fianchi. «Ispettore, perché non crede che sia innocente?»

«Perché è un ladro, un bugiardo e un farabutto da talmente tanto tempo che non sa nemmeno cosa voglia dire voltare pagina. E poi è chiaro che se l'è inventato.»

«A me non sembra tanto chiaro» si incaponì Emily. «Se se lo fosse inventato, avrebbe dato la colpa a una maschera che aveva visto alla festa, visto che la stava osservando da fuori, e non all'unica inesistente. Ci dev'essere un'altra spiegazione!»

L'ispettore si chinò a guardarla negli occhi, posandole una mano sulla spalla. «Emily, lo so che vorresti con tutta te stessa che Owen fosse innocente. È perché è il papà di un tuo amico, e non vuoi che il tuo amico stia male per questa storia...»

Capitolo 8

«Forza, Emily, andiamo» disse Linda, avviandosi verso l'uscita.

Emily la seguì a testa bassa, strascicando i piedi. Ma poi, quasi sulla porta, si voltò indietro e corse dall'ispettore, facendo capolino nuovamente nel suo ufficio.

«Che c'è ancora?» cantilenò Mulberry, sprofondando nella sedia da ufficio.

«Perché Owen ha definito zio Orville un suo amico?»

Mulberry si lasciò scappare una risata. «È una storia un po' lunga. Tanti anni fa, quando ancora andavamo a scuola, fu rubata una moto da cross a un ragazzo di Oaktown. Siccome fra Blossom Creek e Oaktown non correva buon sangue, e siccome girava voce che fosse stato Owen, data la sua cattiva fama già allora, alcuni ragazzi di Oaktown vennero a fare i gradassi in piazza da noi. Ovviamente Owen rispose alle provocazioni. E io dovetti evitare che alcuni miei amici si lasciassero trascinare in una scazzottata da quella testa calda, promettendo di trovare e restituire la moto da cross entro il sabato successivo.»

«E zio Orville?» chiese Emily, perplessa.

«Lui intanto stava indagando su un furto a un furgone portavalori e aveva scoperto che i malviventi avevano usato una moto da cross.»

«Quindi avete unito le forze. E lei è diventato Watson» azzardò Emily con un'espressione furba.

«Hai davvero molta fantasia, signorina» rispose l'ispettore, ma Emily si accorse che stava trattenendo un sorriso.

«E comunque non era stato Owen neanche quella volta!»

«Non è questo il punto. Ha fatto talmente tante cose sbagliate, quell'uomo, che una in meno non conta.»

Emily si morse il labbro, corrugando la fronte. «Ispettore, mi promette una cosa?»

«Che cosa?» chiese lui, un po' sorpreso.

«Che sarà imparziale?»

«Io sono sempre imparziale.»

Emily sorrise, arricciando il nasetto lentigginoso. «Allora per lei è facile prometterlo.»

«E adesso che facciamo?» chiese Emily, mentre Linda imboccava la salita verso casa fra i cigolii e i lamenti del vecchio maggiolone.

«Ci facciamo dare tutte le fotografie possibili della festa e le guardiamo una per una. Magari alla polizia è sfuggito qualcosa.»

«Ok, ottima idea!» esclamò Emily entusiasta, con i palmi delle mani che premevano sulla capote della macchina. "Il vero investigatore è un testardo nato" diceva zio Orville, ed Emily sorrise, rinvigorita. Nonostante tutto, avevano ottenuto un sacco di nuove informazioni, e di sicuro la pista giusta era lì dietro l'angolo.

«Oh oh» fece Linda, svoltando oltre la curva del muretto di casa.

Emily sgranò gli occhi. Davanti al cancelletto del cottage c'era Riley, piantato su una vecchia bicicletta da donna come la statua di un ciclista atipico.

«E adesso cosa gli dico?» chiese Emily, in panico.

«Non dirgli che abbiamo visto suo padre» propose Linda, altrettanto agitata. «Anzi, no, non mentirgli, tanto lo scoprirebbe, e adesso ha bisogno di potersi fidare dei suoi amici... Accidenti, che pasticcio!»

«Fammi scendere, voglio parlargli da sola» decise Emily, risoluta.

«Ok, penso sia giusto. Ma non allontanatevi troppo, voglio potervi tenere d'occhio.»

«Mamma, pensi che scapperemmo o faremmo qualcosa di stupido?»

«Be', lui credo sia scappato, visto che doveva essere chiuso in casa in castigo.»

«Sì, però io sono molto matura e assennata.»

Linda fermò la macchina e lanciò un'occhiata severa

alla figlia. «Come quando entri nelle case diroccate e pericolanti?»

Emily smontò dalla macchina.

«Mamma, non è il momento, ho un amico da aiutare!»

Poi, cercando di sorridere, avanzò a passo deciso verso Riley.

«L'hai visto, vero? Ci hai parlato?» chiese lui, senza salutare.

Emily lanciò un'occhiata a Linda, che fece loro "ciao" con la mano e poi manovra per parcheggiare il maggiolone all'interno del cancello. Sua madre aveva ragione, doveva essere sincera, tanto Riley avrebbe comunque scoperto tutto.

«Sì, l'ho visto poco fa.»

Riley appoggiò la bicicletta al muretto e fece qualche passo in avanti, camminando al lato della strada, dove la collina digradava in un boschetto.

«E com'è?» chiese, voltandosi di scatto e fissandola negli occhi.

Emily vacillò per un istante, poi si ricordò che, nonostante fossero padre e figlio, i due non si erano visti per anni. Troppi perché Riley potesse ricordarsi qualcosa di lui.

«Un po' ti somiglia, la forma del viso... lo sguardo...»

«Non voglio somigliargli» rispose Riley secco, calciando il sottobosco.

Capitolo 8

Emily lo seguì fra gli esili alberelli, dove lei e Linda pochi mesi prima avevano raccolto manciate di mirtilli.

Riley si lasciò cadere a terra seduto, fra le foglie secche e le felci.

«Come hai fatto a saperlo?» chiese Emily.

«Non sei l'unica ad avere doti da detective» disse lui con un sorriso fiacco. «Mia madre mi ha spedito dalla nonna a Oaktown, pensando che così non avrei saputo niente. Ma da lei ci sono due telefoni collegati, e ho imparato ad ascoltare le conversazioni senza farmi scoprire.»

«Vedrai che risolveremo tutto, scopriremo cosa è successo e...» iniziò Emily, cercando di avere un tono incoraggiante.

«E io che ero così orgoglioso di fare la Sfida, perché l'aveva inventata mio padre» la interruppe lui stringendosi le ginocchia e mordendosi il labbro, nel tentativo di fermare il tremolio del mento. «A Blossom Creek girano un sacco di storie su di lui, storie non molto belle. Ecco, volevo che fosse un tipo coraggioso, che fossero gli altri a non averlo capito... Mi inventavo che fosse un agente segreto in missione, come James Bond. Che prima o poi sarebbe venuto a prendermi. E invece è un... è un...»

«Non è detto che sia colpevole. Anzi, secondo me non lo è!»

«Non mi importa niente di lui, niente» disse Riley, e due grossi goccioloni gli scivolarono lungo le guance.

Il cuore di Emily si spezzò e si ricompose e si rispezzò, perché certo, lui un po' le piaceva, ed era inutile continuare a dirsi che forse non era vero, e ragionare e sragionare sui denti e tutto il resto. Ma soprattutto era un suo amico, ed Emily non poteva sopportare di vedere un amico piangere senza sapere cosa fare.

Riley nascose la testa nelle braccia ed Emily, seduta accanto a lui, fece per mettergli una mano sulla spalla, ma era una cosa da adulti un po' formali. Un abbraccio era fuori discussione, come minimo l'avrebbe fatto scappare... o avrebbe fatto scappare lei, per la vergogna. Dandosi della stupida, Emily appoggiò a sua volta la testa sulle proprie braccia e i loro gomiti, piegati all'infuori, si toccarono. Ok, il contatto dei gomiti poteva andare. Anche un gomito poteva voler dire "io ci sono", o no?

Poi, all'improvviso, Riley si alzò e senza voltarsi indietro andò a recuperare la bicicletta, probabilmente presa in prestito alla nonna.

«Vado. Sono in castigo» disse, e sparì giù per la collina.

Emily lo guardò andare via, e sospirò.

"Il vero
investigatore
è un testardo nato"
O.W.

E tu, Emily,
lo sei di sicuro!
;)

la cameretta
di Theodora Cray
HEY BOY
un duo in cerca di indizi

9. Alla ricerca dello zombie

«Buongiorno» disse Fred, facendo l'occhiolino a Emily.

«Buongiorno» disse Albert, con il suo sorriso rassicurante.

«Buongiorno a voi!» rispose Emily con un cenno del capo, fermandosi un istante e scendendo dalla sua bicicletta.

I vecchi amici avevano posizionato due seggioline di plastica davanti alla porta di casa di Fred, dalla quale si vedeva molto bene l'ingresso della stazione di polizia, e se ne stavano lì da ore, con alcuni fogli in mano.

Avevano chiamato Linda, poche ore prima, esponendo un'idea che Emily aveva trovato geniale. Albert, da bravo ex avvocato, aveva pensato che l'ispettore avrebbe convocato in centrale tutti coloro che si trovavano nella lista dei debitori di Merrill, per escludere un loro coinvolgimento nell'omicidio. E così si era precipitato da Fred, e i due avevano deciso di presidiare l'ingresso della centrale e segnarsi i nomi di coloro che entravano e uscivano, nella speranza che, abitando in un paese così piccolo, molte fossero facce note.

«Il signor Mott, accidenti! Chi l'avrebbe mai detto... Certo però che effettivamente al giorno d'oggi i negozi di fotografia sono un po' in crisi» esclamò Fred, annotando diligentemente il nome.

«E quella signora là con gli occhiali da sole e il foulard in testa?» chiese Albert.

«La moglie del proprietario dell'officina» affermò con sicurezza Fred. «Può camuffarsi quanto vuole, ma con un naso così...»

L'ispettore Mulberry passò loro accanto di gran carriera, con un tazzone di caffè da asporto. Poi, quando li ebbe quasi superati, si fermò di colpo e fece dietrofront.

«Ehi, voi due!»

Fred strappò i fogli di mano ad Albert e ci si sedette sopra, con uno scatto invidiabile.

«Sì, Paul?» chiese affabilmente Albert.

«Lo so cosa state facendo!»

«Certo: siamo pensionati, ci piace stare sull'uscio a guardare la gente che passa» disse Fred con aria innocente.

«E prendere un po' d'aria» aggiunse Albert.

«A novembre? Con il cappotto?!» osservò Mulberry, per nulla convinto.

Capitolo 9

«Fa bene alla tempra!» esclamò Fred, battendosi un pugno sul petto magrolino.

L'ispettore allargò le braccia. «Fa male alla mia, di tempra. Mi verrà davvero la gastrite, a furia di trovarmi voi fra i piedi. Altro che caffè, dovevo chiedere a Roxi una camomilla. Fatemi il favore di smettere di... di fare qualsiasi cosa stiate facendo in questo momento!»

«Ah, no, caro Paul, siamo in un paese libero» rispose Albert, serio. «La legge prevede che...»

«Va bene, va bene, ci rinuncio. Ho troppo da fare per stare qui a questionare» disse l'ispettore alzando le mani.

Emily ridacchiò, meritandosi un'occhiata severa da parte di Mulberry.

«E tu? Ti tempri insieme ai pensionati?»

«Veramente ho pensato di fare un giro in bicicletta, perché mi annoio un po'. Jamie è ancora in castigo?»

«Temo di sì.»

«Peccato. Io vado a trovare un'amica.»

«Ah, be', allora...» fece l'ispettore, un po' stupito, osservandola allontanarsi.

«Eccoti!» esclamò Theodora battendo le mani. Emily l'aveva chiamata un'ora prima spiegandole tutto quanto e chiedendole una mano a trovare nuovi indizi.

Alla ricerca dello zombie

«Ciao, Theodora, grazie di avere accettato di aiutarmi» rispose Emily, entrando per la seconda volta in vita sua nella casa del sindaco. Senza la folla della festa a riempirlo, il salone sembrava ancora più gigantesco.

«Ma scherzi? Una vera indagine! Non ci posso credere...» fece Theodora guardandosi attorno con aria da cospiratrice, poi si voltò verso una porta aperta che dava su un salottino e strillò: «Mammaaa, io e la mia amica Emily andiamo in cameretta a giocare! Possiamo usare il tuo computer per guardare il video con i gattini?».

«Certo, Dory-Dory» rispose la signora Cray, porgendo a Theodora un portatile superleggero dallo schermo enorme. «Ho già impostato la navigazione sicura, così voi bambine non rischiate di vedere qualcosa di brutto per sbaglio.»

«Grazie, mamma» rispose Theodora con aria angelica.

Sulle scale, Emily le lanciò un'occhiata perplessa.

Theodora ricambiò con uno sguardo da chi la sa lunga. «Credimi, è meglio così.»

Una volta arrivate in cameretta, Theodora si lanciò a pancia in giù sul suo gigantesco letto da principessa delle fiabe e premette alcuni pulsanti sul computer. Emily si mise accanto a lei, osservando le sue mosse con trepidazione. Il video con i gattini fu sostituito da una schermata di login e Theodora digitò il nome di sua madre, Chantal, e una password.

Capitolo 9

«Facile, la mia data di nascita» spiegò orgogliosa. «Chissà quanti genitori cascano nello stesso errore.»

Mentre il computer caricava, Theodora chiese: «E così sei amica di Jamie Mulberry. Come sei fortunata!».

«Be', sì, è un tipo simpatico...» rispose Emily.

«Ma soprattutto è così carino!» ridacchiò Theodora.

«Mah, ecco, non saprei...» fece Emily, imbarazzata.

«Peccato che sia tanto superficiale» sbuffò Theodora. «Certo, lo so di non essere molto bella, però quando mi vede scappa... Mi piace da quando eravamo all'asilo, ma poi mio padre ha deciso di spedirmi in quell'orribile collegio pieno di ragazzi che non sono neanche lontanamente come Jamie Mulberry. Una volta alla festa del paese gli ho anche detto: "Jamie Mulberry, voglio diventare la tua fidanzata".»

Emily spalancò gli occhi. «E lui cos'ha risposto?»

«È scappato. Avevamo otto anni, è stata la prima volta di una lunga serie...»

«Magari l'hai solo spaventato. E poi a volte i maschi sono incomprensibili.» Emily esitò un istante. Non l'aveva mai detto a nessuno. Non poteva certo parlarne con Jamie, vista la sua scarsa capacità di tenere questo tipo di segreti. E Scott avrebbe riso fino a cascare per terra. E Linda... be', forse era finito il tempo in cui raccontare tutto alla mamma, ormai Emily era grande. Come Theodora. «A me è successa una cosa strana. Piacevo a un mio amico, ma poi quando lui ha iniziato a piacere a me non mi ha più calcolata. Cioè, fino all'altro giorno, però... uffa, è complicato! Insomma, non so nemmeno se mi piace davvero. Secondo te ci si può... ecco... innamorare a partire dai denti?»

«Mamma dice sempre che il carattere di un uomo si capisce dalle unghie, se sono smangiucchiate, curate o macchiate» rispose Theodora facendo spallucce. «Quindi, secondo me è possibile anche questo. Eccoci, il computer è pronto!»

Emily osservò elettrizzata i volti e le maschere delle persone che avevano partecipato alla festa, negli scatti del fotografo chiamato dalla signora Cray. Streghe, vampiri, mummie, diavoli, Roxi vestita da pattumiera ambulante... c'era proprio di tutto. Tranne che maschere da zombie.

Dopo dieci minuti, Emily si sentiva nauseata dallo scorrere delle immagini e sfiduciata dalla mancanza di prove. Ma quando stava per arrendersi, qualcosa attirò la sua attenzione.

«Aspetta, torna indietro!»

Tre foto in successione mostravano un gruppetto di streghe e vampiri lanciati in balli scatenati. Ma non erano loro ad aver fatto scattare un campanello nella mente di Emily.

«Guarda questo tizio sullo sfondo, cosa sta facendo?» chiese Emily indicando un'ombra sul terrazzo vuoto, visibile attraverso la grande portafinestra.

Capitolo 9

«Strano... sembra che stia frugando in una fioriera» rispose Theodora, perplessa.

«Ho capito!» esclamò Emily d'un tratto. «La maschera da zombie era nascosta lì dentro! Ecco perché le foto scattate all'ingresso non mostrano nessuno che indossi una maschera da zombie. L'assassino l'ha indossata dopo!»

«Emily, sei un genio» si complimentò Theodora.

Le due schizzarono sulla terrazza.

«È questa!» disse Theodora lanciandosi tra i vasi. Ma ne riemerse alcuni istanti dopo, delusa. «Niente da fare, è vuota!»

«Fa' vedere» insistette Emily, tastando steli e terra.

Theodora scosse la testa, ed Emily sbuffò. Era chiaro, la foto mostrava l'assassino mentre frugava per recuperare la maschera, ma dopo aver sparato l'uomo aveva probabilmente pensato solo a scappare, non a rimettere la maschera al suo posto. Ma non doveva darsi per vinta. Corse a controllare il parapetto, osservando il punto da cui partiva la grondaia. «E dopo aver sparato il tizio è sceso da qui.»

«Sempre che il signor Cooper dica il vero.»

«Deve!» si intestardì Emily. «Me lo sento. Dobbiamo trovare quella maschera!»

«Facile» ironizzò Theodora, guardando l'immenso parco che circondava la villa, poi fece cenno a Emily di seguirla. «Mammaaa, porto Emily a vedere il giardino.»

«Copritevi bene!» le esortò la signora Cray.

Passò una lunghissima ora in cui Emily e Theodora entrarono in tutti i cespugli, frugarono in tutte le aiuole, rimestarono con un ramo il fondale del laghetto delle carpe Koi rischiando di caderci dentro e si arrampicarono anche su un paio di alberi. L'aria fredda pizzicava il naso e le guance, ed Emily sospirò. Ma quando fu sul punto di rinunciare, una strana rientranza nella siepe attirò la sua attenzione.

«Guarda, non ti sembra che la siepe sia un po' rovinata, in quel punto?» chiese a Theodora, che annuì.

Emily si avvicinò e vide che alcuni rami erano piegati, mentre altri giacevano a terra spezzati.

«Sembra che ci sia passato qualcuno in mezzo» disse osservando la fenditura nel muro compatto di foglie. Con le dita che tremavano, Emily scostò le piante, infilandosi nel passaggio.

Con un saltello, atterrò nel viottolo sterrato dall'altra parte della siepe. Da un lato il terreno formava un avvallamento in cui si era creata una pozzanghera scura. E lì Emily vide qualcosa di bianco, rosso e violaceo.

«Sì! Dimmi che è lui...» esclamò Emily.

«Cosa c'è?» chiese Theodora, dall'altro lato della siepe.

Infangandosi i jeans, Emily raccolse l'oggetto misterioso e si trovò faccia a faccia con un orribile zombie.

Mamma,
sai che Theodora
è proprio in gamba?

L'Agenzia
Wright ha una
nuova alleata!

il parco di villa Cray
è enorme, ma...

TROVATA!!!

10. Trucco da Halloween

«Ecco la lista delle persone convocate dalla polizia stamattina!» esclamò Albert entrando nel salotto del cottage insieme a Fred, che lo affiancava sventolando un mazzetto di fogli.

«Sono quindici» aggiunse Fred. «Dobbiamo interrogarle tutte? Io sono pronto, eh! Ho anche gli indirizzi.»

Albert si fermò sul limitare della porta, guardandosi attorno perplesso.

«Mie care, cosa state facendo?»

Emily, Linda e Peggotty erano sedute attorno al tavolo e non si erano nemmeno voltate per salutarli.

«È proprio come l'aveva descritta Owen!» disse Emily, indicando la maschera da zombie che faceva bella mostra di sé in mezzo al tavolo del salotto, guardando tutti quanti con le sue orbite vuote e minacciose.

«Sì, ma non è una prova sufficiente» osservò Albert, che in quanto ex avvocato se ne intendeva più di tutti di questo genere di cose. «Anzi, non è affatto una prova» aggiunse sedendosi accanto a Peggotty, seguito da Fred.

«Ma *deve* esserlo!» sbuffò Emily. «Deve servire a qualcosa! Bisogna portarla all'ispettore Mulberry.»

«Potrebbe anche appartenere a un semplice invitato. Non credo che mio figlio la terrà in grande considerazione» disse Peggotty.

«Ma perché allora prendersi la briga di buttarla oltre la siepe?» insistette Emily.

«Be', quella sera c'è stato un po' di trambusto... Non si può nemmeno provare che non sia stato proprio Owen a gettarla lì» osservò Fred.

Linda incrociò le braccia. «Emily, potresti avere ragione, ma non credo che l'ispettore possa fare molto con questa maschera.»

Emily si illuminò. «Le impronte digitali! Mulberry può analizzarle...»

«Be', ormai qui sopra ci sono le impronte di tutti noi» osservò Linda. «E poi è stata a mollo nell'acqua per una notte intera.»

Emily rigirò la maschera, guardandola attentamente.

«Però dentro magari qualcosa è rimasto...» disse, tenendo

aperta l'imboccatura della maschera per guardare all'interno. Sentì subito una strana sensazione alle dita, come se si fossero unte.

«Ehi, ma cos'è questo?» chiese, guardandosi i polpastrelli coperti di una sostanza grassa e pastosa, di un vivace blu cielo.

«Sembra proprio... massì! Trucco per il viso!» esclamò Linda, prendendo Emily per le spalle e sorridendole. «Ecco il nostro indizio!»

La ragazzina spalancò gli occhi. «Ma certo! Theodora mi ha detto che il *dress code* della festa è molto rigido, sua madre ci tiene che i partecipanti siano tutti in costume. Se quel tizio ha nascosto la maschera da zombie nella fioriera, allora vuol dire che è venuto alla festa con un altro travestimento.»

«Bisogna trovare la persona che alla festa era truccata di blu!»

«Mi pare di rammentare qualcosa» disse Albert, pensoso. «Come ben sapete ho un'ottima memoria, oserei dire quasi prodigiosa. Per esempio, quando andavo a scuola ero in grado di ricordare a memoria tutti i sonetti di Shakespeare che il professor Willoughby ci faceva studiare, dopo averli letti una sola v...»

Per una volta l'ex avvocato si zittì da solo, vedendo che tutti gli occhi nella stanza erano puntati su di lui e lasciavano trasparire una certa impazienza.

«Ehm, ma giusto, andiamo al punto. Perché anche nella mia carriera di avvocato ho sempre saputo quando era il momento di concentrarmi sui fatti più importanti di un caso, che quindi, ehm...»

«Albert...» lo incoraggiò Linda, con un cenno del capo.

«Angus Little.»

«Chi?!» chiese Emily emozionata. Avevano un nome, finalmente.

Peggotty sbuffò, con un mezzo sorriso. «Cosa fai, diventi improvvisamente conciso? Spiegati meglio!» Poi, guardando Emily e Linda, aggiunse a loro beneficio: «Angus Little è il proprietario del Little Pub, il locale sulla strada fra Blossom Creek e Croydon».

«Un postaccio. Non ha nemmeno un tabellone decente per le freccette. Per non parlare di quel che serve da bere.» Albert guardò tutti i presenti negli occhi, a uno a uno, e alzando una mano come per fare giuramento proseguì: «Ma non divagherò ulteriormente. La sera della festa, mentre stavamo andando via, ho visto Angus Little spuntare dalla strada che costeggia il lato est della proprietà del sindaco. Me lo ricordo bene perché era tutto vestito di scuro, con la faccia dipinta di scuro, e passando in macchina l'ho visto solo all'ultimo momento. Ho accostato e gli ho chiesto se fosse tutto a posto e se volesse un passaggio. Ma lui mi ha detto che aveva semplicemente avuto bisogno di... espletare un bisogno fisiologico improvviso, e che sarebbe tornato a piedi. Quando si è chinato verso il mio finestrino, ho visto che il suo viso era tutto coperto di blu, come un alieno di quel brutto cartone animato che guardano i miei nipotini».

Fred si lasciò scappare una risatina nervosa. «E indovinate un po'?! Angus è nella lista dei debitori di Merrill. L'abbiamo visto con i nostri occhi mentre si presentava alla centrale di polizia stamattina!»

L'ex archivista sventolò i fogli indicando il nome del proprietario del pub, trascritto, con la sua ordinata calligrafia, nella lista dei quindici sospettati.

«È lui, me lo sento! Era vicino a dove ho trovato la maschera!» esclamò Emily e, senza badare a macchiare i jeans di blu, estrasse di tasca una chiavetta USB.

«Questa me l'ha data Theodora Cray. Ci sono tutte le foto della festa scattate dal fotografo. Se ce n'è una di Angus, possiamo confrontare il colore del trucco.»

Con il cuore che pulsava fin dentro le orecchie, Emily corse a prendere il portatile di Linda, inserì la chiavetta e fece scorrere le foto, pigiando febbrilmente sui tasti.

«Eccolo!» esclamò, lasciando una ditata sullo schermo, guardando una foto di Mildred e Henrietta (che sfoggiava un trucco che voleva essere da strega ma somigliava più che altro a un principio di assideramento, con tanto di labbra esangui). Sullo sfondo, dietro tutto quel biancore, spiccava un volto dipinto blu.

«Non si capisce benissimo a causa del flash, ma sembra proprio lo stesso tono di colore» confermò Linda, avvicinando la maschera da zombie al computer.

«E quello lì dentro è un capello!» esultò Emily indicando l'interno della maschera, dove, appiccicato alla macchia più grande di trucco blu, si vedeva un capello un po' ondulato.

«I capelli di Little sono mossi» osservò Albert con aria da esperto di prove. «Peccato che non sia nulla di sostanziale, rispetto alla nostra indagine.»

«Ma come?!» protestò Emily. «Bisogna chiedere la prova del DNA! E poi Little è anche sulla lista...»

«Lista che noi non dovremmo conoscere» ricordò Fred.

L'ex avvocato guardò Emily con espressione grave. «Temo che nessun giudice autorizzerebbe questo tipo di indagine sulla base dei pochi indizi in nostro possesso.»

Emily guardò Linda, con il sorriso che si spegneva, e si lasciò cadere su una sedia.

«Almeno l'ispettore Mulberry deve ascoltarci...»

«Per quanto sia un testone e detesti Owen dalla prima

elementare, mio figlio di certo non è il tipo da trascurare una possibile pista» osservò Peggotty.

Linda agguantò il proprio cellulare dalla cover a pois. «Ciao, Peter, vorrei parlare con l'ispettore, se possibile. Ah, è alla villa di Cray? E sai quando torna in centrale? Fra un'ora. Ok, riferisci che dobbiamo per forza parlargli. È importante» disse, poi chiuse la conversazione. «Emily, mi sa che dovremo armarci di pazienza.»

Emily si afflosciò ancora di più su se stessa. Un'ora era tantissimo tempo! Voleva parlare con l'ispettore subito, non poteva starsene tutto quel tempo con il cuore che aveva ripreso a battere all'impazzata e le mani che sudavano per l'agitazione. Ma un istante dopo scattò in piedi. Le era venuta un'idea per non buttare via quell'ora. «Portami a Oaktown. Devo fare una cosa, subito!»

Una signora magra con i capelli grigi aprì la porta. Gli occhi azzurri erano inconfondibili.

«Buongiorno, signora, sono Emily, un'amica di suo nipote.»

La donna sospirò, facendosi da parte per farla entrare. «Riley è in cameretta. E temo che non voglia uscire. Vieni, ti accompagno.»

«Ciao» fece Emily, impacciata, affacciandosi nella stanza piccola ma ordinatissima. L'armadio a ponte di legno chiaro doveva risalire a un'epoca lontana. Forse era stata la cameretta di Veronica quando ancora abitava con i suoi genitori. Alcuni libri e fumetti erano allineati sulla mensola sopra il letto, non c'erano poster e l'unica cosa un po' moderna era il piccolo televisore piatto collegato a una consolle di nuova generazione. Non c'era niente fuori posto, anche il letto era perfettamente rifatto, con un piumone a quadri rossi e blu senza nemmeno una piegolina. Chissà se era la nonna a mettere tutto così in ordine, dato che era casa sua, o Riley stesso. Non che Emily fosse disordinata, ma aveva ereditato dai Wright, oltre al talento per l'investigazione, anche una certa propensione all'accumulo a casaccio di oggetti vari, per ricordo, per motivi di studio o per curiosità. Era un'altra di quelle caratteristiche che facevano di lei la degna erede di zio Orville.

Riley era così intento a giocare a un videogame che alzò appena gli occhi dallo schermo per salutarla, continuando a pigiare i tasti del joypad.

«Abbiamo uno sviluppo importantissimo!» sussurrò Emily con un gran sorriso, quando furono rimasti soli.

«Non mi interessa» rispose lui continuando a fissare lo schermo, seduto sul tappeto.

Per un attimo ci fu un silenzio irreale, punteggiato dagli effetti sonori del videogame, uno di quei giochi tutti esplosioni e combattimenti che piacevano tanto ai maschi. Emily, in piedi accanto a Riley, si sentì terribilmente strana e fuori posto. Accennò a sedersi vicino a lui, ma ci ripensò, e le venne fuori una specie di piegamento storto.

«Ma tuo padre aveva ragione! Abbiamo trovato la maschera da zombie!»

«Tanto non cambia niente.»

«Sì che cambia, non è stato lui!» insistette Emily. «E quando lo libereranno ha detto che vuole conoscerti! Era tornato qui per te...»

«Io non lo voglio vedere. Forse è meglio se se ne sta in prigione.»

«Ma è tuo padre!» insistette Emily lasciandosi cadere sulle ginocchia, con le mani in grembo.

Lui aggrottò la fronte. «Non so nemmeno che faccia abbia. Io non ho un papà.»

«Sì che ce l'hai! Sono io che non ce l'ho!» rispose Emily, con una foga che stupì lei per prima.

Riley sussultò, e il suo personaggio nel videogioco stramazzò al suolo in maniera plateale, mentre sullo schermo rimbalzava la scritta *game over*.

«Io con il mio non ci posso più parlare!» esclamò Emily scattando in piedi con i pugni stretti. E l'ineluttabilità di questa osservazione le fece pizzicare gli occhi.

Però non poteva mettersi a piangere. Era arrivata lì per portare buone notizie, non per parlare di quanto le mancasse il suo papà. Di quanto ormai lo ricordasse davvero poco. Di quanto, a volte, se ne dimenticasse per giorni, finché una scia di un particolare dopobarba in mezzo alla folla, o in un negozio, la faceva sentire immediatamente avvolta da un abbraccio. Di quanto le foto fossero troppo poche e troppo sgranate... Prima di diventare un fiume in piena, Emily si passò una manica sul viso e fece dietrofront verso l'uscita.

«Io domani non ci vengo a scuola» disse Riley invece di salutare.

Little Dub:
sulla strada
per Croydon
Adesso
Mulberry
ci ascolterà
per forza!

Angus nelle grinfie
della mamma

gli attrezzi
del mestiere...

11. Un aiuto dalla scienza

«E quindi siete convinte che sia stato Angus Little» disse l'ispettore Mulberry, stringendosi la radice del naso fra indice e pollice.

«È stato lui per forza, ci sono tutte le prove!» si infervorò Emily.

La chiacchierata con l'ispettore non stava andando come lei si era aspettata. Invece di entusiasmarsi, o ringraziarle mentre Emily raccontava quanto avevano scoperto, Mulberry era diventato via via più taciturno.

Per un attimo l'ufficio dell'ispettore fu invaso da un totale, assoluto silenzio. Emily poteva sentire il ticchettio febbrile dei tasti di un computer premuti con foga nella stanza accanto.

La maschera da zombie, a testa in giù sulla scrivania, sembrava fissarli con aria di scherno. Accanto alla maschera, un sacchettino di plastica per alimenti conteneva la prova principale, il capello ondulato, prelevato da Peggotty con una pinzetta e riposto con cura.

«Nemmeno se Emily testimoniasse di aver trovato la maschera nel parco e Albert spiegasse di aver visto Little che si allontanava proprio da quel luogo la notte del delitto?» chiese Linda. «Non sono informazioni importanti? Mi sembra che sostengano quanto dichiarato da Owen. Dopotutto lui ha sempre insistito sull'esistenza di un uomo con la maschera da zombie, e qui abbiamo la maschera.»

L'ispettore sospirò. «Sentite, mi rendo conto che tutto sembri combaciare, e non ho il minimo dubbio che tu, Emily, abbia trovato questa maschera nel parco, ma...»

«Ma?» chiese Emily, cercando di tener ferma una gamba che ballava per la tensione.

«Ma qualsiasi giudice sano di mente mi riderebbe in faccia, se gli portassi una prova del genere. E lo capirei, visto che potrebbe essere benissimo qualcosa di creato a posteriori per sostenere la versione di Owen.»

«Non faremmo mai una cosa del genere!» sussultò Emily, che ci teneva a difendere il buon nome dell'agenzia.

«Lo so, però avete già mostrato altre volte di usare metodi non proprio ortodossi» rispose l'ispettore, guardando Linda fisso negli occhi.

Capitolo 11

«Un conto è incastrare i colpevoli con l'astuzia, un altro è falsificare le prove. Per chi ci ha preso?!» sbottò Linda.

«Non dovete convincere me, dovete convincere il giudice e poi la giuria. E con quello che avete a disposizione vi consiglio di non provarci nemmeno.»

Emily scattò in piedi, prese la maschera e il sacchettino e si diresse verso la porta, seguita da Linda.

«Mi dispiace!» disse l'ispettore alle loro schiene mentre si allontanavano, e sembrava sincero, ma questo non migliorò per nulla l'umore di Emily, che scese le scale della centrale di polizia pestando i piedi.

«Ehi, cosa sono quelle facce lunghe?» disse Peggotty sporgendosi dal finestrino di una piccola utilitaria blu. Accanto a lei, al volante, c'era un giovane uomo basso e tondeggiante, con la fronte spaziosa a causa di un'incipiente calvizie.

«Tuo figlio non vuole collaborare» rispose Emily cupa.

«Emily!» la rimbrottò Linda. «L'ispettore per una volta è stato collaborativo. Però non può fare niente per aiutarci.»

«Lo sapevo» annuì Peggotty. «Mio figlio è fin troppo ligio alle regole. Come madre ne dovrei essere fiera, ma come assistente investigatrice... be', diciamo che me lo aspettavo, così vi ho portato il piano B. Vi presento Bert, il nipote di mio cugino Francis.»

L'uomo al suo fianco sorrise e fece un cenno con la mano.

Un aiuto dalla scienza

«Bert lavora nel laboratorio di genetica forense dell'università. Si è offerto di darci una mano con il test del DNA del capello.»

«Evviva!» esclamò Emily saltando in macchina e consegnando a Bert il sacchettino contenente il capello. «Cosa aspettiamo? Andiamo al laboratorio!»

«Ehm, non è così semplice» spiegò Bert. «Innanzitutto è un'analisi che ha dei tempi tecnici, anche con la procedura d'urgenza ci vorranno circa quarantotto ore.»

«Due giorni?!» esclamò Emily, un po' delusa.

«E non posso portarvi con me in laboratorio. Quest'analisi non è esattamente... ehm, ufficiale.»

«Ah...» fece Emily, annuendo.

«E poi ci manca una cosa molto importante, senza la quale non posso fare nessuna comparazione per stabilire l'identità del proprietario di questo capello» spiegò Bert, sollevando il sacchettino davanti al viso.

Emily sgranò gli occhi. «Come ho fatto a non pensarci? Un campione del DNA di Angus Little! Dobbiamo procurarci un capello del proprietario del pub!»

Linda fece un sorrisetto. «Lasciate fare a me.»

«Buongiorno!» disse Linda, entrando al Little Pub.

Emily la seguì in punta di piedi. Nonostante fuori fosse

pieno giorno, nel locale dominava un'oscurità polverosa. Il bancone angolare occupava quasi tutto lo spazio, relegando alla propria sinistra alcuni tavolini sbilenchi e alla propria destra quattro *slot machines* alle quali erano attaccati un paio di individui dall'aspetto inquietante e dallo sguardo spento.

«Buongiorno» rispose l'uomo al bancone. Era meno imponente di quanto Emily pensasse, e senza il trucco blu sul viso aveva un'aria ordinaria. I capelli mossi erano pettinati all'indietro.

Linda posò su uno sgabello la grande borsa che stringeva fra le mani.

«Per fortuna il suo pub è aperto!» esclamò allegramente. «Io e mia figlia siamo di ritorno dalla fiera del capello di Dartford, ma la mia macchina si è fermata a un chilometro da qui, e non ne vuole sapere di ripartire. E dato che se qualcosa può andare storto lo farà, i nostri cellulari sono scarichi. Possiamo chiamare l'autofficina dal suo telefono?»

«Certo, e se intanto prendete qualcosa da bere è anche meglio» rispose l'uomo, lanciandole un'occhiata che voleva sembrare affascinante ma a Emily diede un'impressione untuosa.

«Due tè caldi, grazie» disse Linda, cercando di non sembrare troppo schifata dal bancone appiccicoso, e prese il telefono che l'uomo le porgeva. «Pronto, Phil, non ci crederai mai, il maggiolone si è fermato di nuovo. Lo so, lo so, dovrei cambiarlo, ma che ci vuoi fare, ci sono affezionata... È parcheggiato sul ciglio della strada, a un chilometro a nord dal pub che c'è fra Blossom Creek e Croydon. Ci siamo fermate qui a bere qualcosa. Ok, grazie, ti aspettiamo.»

«Che dice?» chiese Emily.

«Che arriva fra un quarto d'ora.»

«E quindi si occupa di capelli?» chiese Little, servendo loro il tè in due tazzine sbeccate.

«Sì, è più che altro un hobby per ora, ma credo che potrei farne un lavoro» rispose Linda con un sorriso sicuro. «Alla fiera del capello ho preso un accordo con un produttore di creme innovative e biologiche per fare da promotrice ai loro prodotti.»

Linda aprì la borsa, mostrando una valanga di barattoli e boccettine.

«Non li ho lasciati in macchina perché avevo paura che qualche malintenzionato me li rubasse: questi prodotti sono davvero il top in fatto di cura del capello.»

Little lanciò uno sguardo dubbioso al contenuto della borsa, che in realtà proveniva un po' dal bagno delle Wright e un po' dall'emporio di Roxi, ed Emily incrociò le dita dietro la schiena.

Capitolo 11

Linda fece un occhiolino alla figlia di nascosto, e non si scompose.

«Che c'è, non crede nel potere rinvigorente dei semi di lino e del jojoba?»

«Mah, queste cose le capite solo voi donne» rispose Angus Little. «L'importante, quando compro uno shampoo, è che sia economico e possibilmente in offerta.»

«Ecco, è qui che sbaglia, se posso permettermi.»

Linda si protese a indicare una ciocca che gli ricadeva al lato del viso. «Lo vede, qui in alto? I suoi capelli sono tutti spezzati. Ed è un peccato, perché un uomo con tutti i capelli in testa di questi tempi è una rarità. Sa, con l'inquinamento e i cibi raffinati c'è un'epidemia di calvizie...»

Emily si trattenne a stento dal ridere, mordendosi l'interno della guancia.

Little si passò una mano fra i capelli, con un sorrisetto compiaciuto.

«Forse dovrei trattarli un po' meglio, ha ragione, sono il mio segreto per conquistare le signore...» disse scuotendo la testa.

Emily si avvicinò istintivamente a Linda, cercando di non guardarlo troppo male.

«Mi è venuta un'idea fantastica!» esclamò la donna a quel punto, come se davvero il pensiero le fosse balenato in testa in quel momento. «Dato che è stato così gentile da farci usare il suo telefono, posso contraccambiare con una dimostrazione gratuita del potere districante dell'estratto di semi di lino e alghe marine!»

Senza aspettare risposta, Linda sfoderò un pettine a denti strettissimi e uno spray pieno di un fluido verdino chiaro.

«Si sieda, si sieda, non faccia complimenti!» lo esortò Linda, indicando uno degli sgabelli attorno al bancone.

«Non saprei... Che figura ci faccio con i miei clienti, a farmi fare queste cose da femmina?»

Linda lanciò un'occhiata ai due brutti ceffi attaccati alle *slot machines*. «Non credo se ne accorgeranno nemmeno. E poi pensi al figurone che farà con le signore!»

«D'accordo» rispose l'uomo sistemandosi su uno sgabello, ed Emily fece davvero fatica a non esultare.

«Ecco qui, questo è l'effetto senza l'uso dello spray» spiegò Linda, affondando il pettine nella chioma e strattonando.

«Ahia!» esclamò Little con un sobbalzo. «Ma che fa?! Lasciamo stare, va...»

Linda passò prontamente il pettine a Emily, che fece cadere i capelli strappati in un sacchettino. Erano almeno una decina, e si potevano vedere le radici, proprio come si era raccomandato Bert. La ragazzina nascose il sacchettino in tasca, facendo ben attenzione a metterlo al sicuro, in modo che non potesse cadere fuori con il movimento, anche in caso di fuga precipitosa. Un buon investigatore doveva sempre essere pronto a scattare, diceva zio Orville.

«Stia fermo, adesso le metto lo spray e sentirà che differenza» proseguì Linda, tenendogli una mano sulla spalla per non farlo alzare e spruzzandogli lo spray su tutta la capigliatura. Poi, con tocco delicato, districò le chiome dell'uomo, che questa volta non protestò minimamente. «Visto? Molto meglio! Ci faccia un pensierino.»

«Sì, sì, magari un'altra volta...» bofonchiò il proprietario del pub, alzandosi e tornando dietro al bancone.

In quel momento la porta del locale si aprì.

«Eccovi qui!» esclamò Phil. «Andiamo a recuperare il macinino. Se continua così, però, le consiglio proprio di cambiarlo.»

Emily e Linda lo seguirono fuori dal locale con un sospiro di sollievo, preparandosi ad assistere alla miracolosa resurrezione del maggiolone. Linda mise la mano attorno a quella di Emily e le strinse le dita fra le proprie. Emily sorrise di rimando. Anche questa volta il piano aveva funzionato!

«E quindi?» chiese Jamie a bassa voce, nascondendosi dietro l'astuccio.

«E quindi mia madre mi ha appena mandato un Sms

per dirmi che abbiamo i risultati delle analisi: il DNA combacia!» sussurrò Emily in risposta, riponendo frettolosamente il cellulare nello zaino, prima che il professore se ne accorgesse e glielo requisisse.

«Wright, Mulberry, cosa c'è di tanto interessante da non poter attendere il suono della campana? Volete forse una nota disciplinare? Un *tête-à-tête* con la preside?» chiese il professor Bloom con aria contegnosa, picchiettando la lavagna con il gesso.

Emily lanciò un'occhiata istintiva al posto in cui di solito era seduto Riley, che non sopportava Bloom e non perdeva mai occasione di fargli il verso. Ma quel giorno, come del resto anche il precedente, il suo sguardo incontrò un banco vuoto. Non era ancora tornato a scuola, e dopotutto Emily non poteva dargli torto. Negli ultimi due giorni, fra i banchi, all'intervallo e addirittura alla macchinetta del caffè dei professori, se ne erano sentite di tutti i colori su Owen Cooper.

«Anch'io voglio che torni» mormorò Jamie, quando il professor Bloom si fu voltato di nuovo verso la lavagna per continuare a scrivere le sue lunghissime e incomprensibili formule matematiche.

«Vedrai che, quando avremo scagionato suo padre, sarà di nuovo tutto come sempre.»

«Però almeno oggi pomeriggio ci vediamo, non siamo

più del tutto in castigo, visto quello che è successo. Andiamo da Riley a giocare a *Monsters Armageddon*, te l'ha mandato il messaggio?»

Emily sussultò. «No, veramente no.»

«Be', vieni lo stesso...»

«Non ho tempo per uno stupido videogioco, devo far uscire di prigione suo padre» rispose Emily, con un po' troppa animosità.

«Ti sei offesa perché non ti ha invitata?»

«Per niente. E poi è un po' di tempo che invita solo voi maschi.»

«Lo sai perché, è perché gli piaci...»

«Ma smettila, è l'opposto!»

«Cioè che lui piace a te?» rispose Jamie alzando un sopracciglio.

Emily si protese per dargli un pizzicotto.

«Ahi!» esclamò il ragazzino, colto alla sprovvista.

«Mulberry, sei a un passo dall'essere spedito dalla preside» lo minacciò il professor Bloom senza voltarsi.

«Ma non è giusto, prof!» sbuffò Jamie, lanciando un'occhiataccia a Emily. «Ho detto "ahi" perché mi sono... ehm, schiacciato le dita fra i banchi per sbaglio... capita.»

«Così impari» fece Emily. «E poi secondo me ti sbagli, non gli piaccio. Abbiamo anche litigato...»

«Ma adesso scagionerai suo padre e farete pace. E poi vi bacerete!» scherzò Jamie protendendo le labbra in maniera buffa.

Emily lo pungolò con un indice fra le costole. «Guarda che ti fisso un appuntamento con Theodora Cray, così pensi ai tuoi, di affari di cuore!»

«Bleah!»

«Certo che sei proprio un maleducato, Theodora è molto simpatica.»

«Ma è matta! Tutte le volte che mi vede mi insegue!»

«Be', perché tu scappi...»

«Una volta in quarta elementare ha anche cercato di baciarmi!»

Emily stava per rispondere a favore dell'intraprendenza di Theodora, ma un'ombra incombente attirò la sua attenzione.

«Mulberry, Wright, forse anche la preside sarà felice di farsi raccontare i vostri problemi di cuore» sentenziò il professor Bloom.

Mentre la classe esplodeva in risatine e commenti, Emily e Jamie si distanziarono istintivamente, per fugare ogni dubbio sul fatto che i citati problemi di cuore implicassero un legame di quel tipo fra loro due. Fortunatamente la campanella dell'ultima ora suonò in quel momento e tutti si riversarono fuori, permettendo loro di battere in ritirata dopo aver incassato un'ultima occhiataccia da parte del professore.

Quando furono arrivati davanti alla rastrelliera delle biciclette, si bloccarono contemporaneamente. Non capitava tutti i giorni di vedere Paul Mulberry e Linda Wright fianco a fianco, così i rispettivi figli corsero loro incontro, sorpresi.

«È per il padre di Riley, vero?» chiese Jamie.

«Abbiamo le prove per scagionarlo?» domandò Emily, speranzosa.

Linda la guardò con un'espressione un po' triste, che le spense il sorriso sulle labbra.

Fu l'ispettore a parlare. «Emily, mi dispiace, so che l'avete fatto con la migliore delle intenzioni, ma la prova che mi avete procurato non è ammissibile.»

«Ma ispettore!» sbottò Emily.

«Non posso nemmeno interrogare Little, non ho elementi concreti.»

«Però mi crede, vero? Non è stato Owen. Non può lasciarlo in prigione se è innocente! Riley come farà?!»

«Papà, per favore...» lo supplicò Jamie.

«Emily, Jamie, cercate di capire. Ho le mani legate.»

«Lasci fare a me e a mia madre! Mamma, inventa uno dei tuoi piani, incastriamo Angus Little, non può passarla liscia...»

Un aiuto dalla scienza

«Emily, non funziona così. La giustizia è una cosa seria, non si possono fare certe pagliacciate» cercò di convincerla l'ispettore.

«Ehi!» protestò Linda.

«Senza offesa, Wright. Qui si parla di omicidio, non posso usare metodi da dilettante. Non funzionerebbe.»

Emily strinse i pugni nelle tasche dei jeans. «E allora si lasciano in galera gli innocenti?!»

Senza aspettare risposta, inforcò la bicicletta e corse via.

Emily, abbiamo fatto tutto il possibile...
Non può finire così!

un incontro
difficile

serve solo un po'
di coraggio!

12. Una svolta imprevista

Emily aveva lasciato tutti di sasso, scappando via così. Nemmeno Jamie era riuscito a correrle dietro perché, da bravo ciclista dotato di bicicletta superaccessoriata, aveva ben due lucchetti a protezione del suo bolide, mentre lei difficilmente legava alla rastrelliera il suo residuato bellico oliato e riverniciato. Emily pedalò fino a esaurire il fiato, lasciando suonare il telefono senza rispondere e pensando furiosamente a una possibile soluzione. Mentre stava per superare l'arco romano, vide passare la berlina amaranto dell'ispettore Mulberry. Si rintanò istintivamente dietro l'arco, ma vide che l'auto procedeva spedita verso Croydon. Ovvero, lungo la strada fra Blossom Creek e Croydon. Dove si trovava il Little Pub.

Sentendo riaccendersi un briciolo di speranza, Emily si lanciò all'inseguimento. Quando arrivò al pub, sudata nonostante il freddo novembrino, trovò l'auto dell'ispettore parcheggiata lì davanti. Scese dalla bicicletta, con circospezione, e si avvicinò alla porta d'ingresso, che era socchiusa. Al di sopra dei rumori metallici delle *slot machines*, Emily udì la voce dell'ispettore. Solo che non era la sua solita voce. Era più dura, più cupa. Assomigliava a quella dei personaggi dei film d'azione, ma con un vago tremolio di fondo.

«Non la farai franca a lungo, Little. Abbiamo il tuo DNA, è tutto scritto qui. Combacia con le prove trovate sul luogo del delitto.»

«Il mio DNA?! Non capisco di che cosa stia parlando, ispettore.»

«Oh, lo capirai quando ti ricorderai della mia collega in incognito, quella che ti ha strappato alcuni capelli con una scusa. Da lì siamo risaliti al tuo DNA.»

"Collega in incognito?" si chiese Emily. "Ma sta parlando di mia madre?!"

«Non potete arrestarmi... non so di cosa stia parlando!» balbettò Little.

«Parlo del fatto che avevi dei debiti con Merrill. Erano parecchie decine di migliaia di sterline, vero? Sappiamo tutto di te. Confessa e sarà molto più semplice, magari otterrai uno sconto della pena.»

Capitolo 12

«Lei ha preso la persona sbagliata, ispettore.»

«Ah, sì? Non eri tu ad avere contratto un debito con Merrill per comprare le *slot machines*? Il locale era in perdita, e pensavi di risollevarlo. Ma le cose non sono andate come sperato. Fammi indovinare, hai chiesto a Merrill di darti più tempo per restituirgli il denaro, e lui ti ha aumentato gli interessi. Più ti mancavano i soldi, più lui te ne chiedeva... E allora hai comprato una pistola. Scommetto che quando la troveremo ci saranno le tue impronte, sopra.»

«Non ci vado in galera! E... se lo meritava, quella sanguisuga di Merrill! Mi ha minacciato di avvelenarmi, si rende conto? È stata legittima difesa!» gridò Little, poi Emily sentì una specie di tonfo.

La porta del locale si spalancò, e Little corse fuori a tutta velocità.

Un istante dopo uscì anche l'ispettore.

«Umpf!» bofonchiò, stringendosi il naso. Little doveva aver provato a stenderlo con un pugno. Quando vide Emily, l'ispettore alzò gli occhi al cielo e si lasciò sfuggire un "Wright!".

«È andato di là!» disse Emily serafica, indicando Little che stava cercando di allontanarsi attraversando il boschetto poco distante.

Mulberry gli corse dietro, lo raggiunse e lo atterrò. «Ti

dichiaro in arresto per aggressione e resistenza a pubblico ufficiale. E per rispondere dell'accusa di omicidio.»

Emily, osservandoli da lontano, si trattenne a stento dal battere le mani.

«Cosa gli dico?» chiese Riley scompigliandosi i capelli, e tentando di ravviarseli un istante dopo.

«Non lo so, che sei contento di vederlo? E poi, adesso che il vero colpevole è stato arrestato dovete festeggiare» disse Emily.

«E se non è come pensavo? Io me lo sono sempre immaginato in un modo, però non so... E se non andiamo d'accordo?»

«Be', almeno puoi conoscerlo.»

Riley si bloccò, fissando Emily con aria serissima. Emily deglutì, dirigendo immediatamente il proprio sguardo verso la punta delle scarpe da ginnastica.

«Non volevo farti piangere.»

Emily avvampò.

«Non importa, davvero!» disse con una voce improvvisamente acutissima. «L'importante è che siamo ancora amici.»

«Sì, amici» rispose Riley continuando a tormentarsi i capelli troppo corti per essere plasmati con le mani.

Capitolo 12

La macchina color amaranto dell'ispettore si fermò in quel momento davanti alla piazzetta di Blossom Creek.

«Eccolo, eccolo... Cosa faccio, vado là?» chiese Riley, tutto agitato.

Emily sorrise a Mulberry che, con una vistosa fasciatura al naso, era sceso dalla macchina insieme a Owen Cooper. L'ispettore, un po' rigido accanto al suo nemico d'infanzia, fece per allontanarsi. Poi, con un gesto inaspettato, si voltò indietro e gli tese la mano. Owen ricambiò la stretta, un po' sorpreso, ma i suoi occhi erano già altrove, puntati sul figlio.

Veronica, che fino a quel momento si era tenuta un po' in disparte insieme a Linda, si avvicinò a Riley e, facendogli una carezza sulla schiena, gli sussurrò: «Vai da tuo padre».

Emily li guardò da lontano, troppo impacciati per abbracciarsi o anche solo avvicinarsi un po'. Li osservò mentre parlavano e notò che avevano lo stesso modo di inclinare la testa di lato e di alzare le spalle tenendo le mani infilate nelle tasche dei jeans. Un po' li invidiò, ma era contenta per loro. Si avvicinò a Linda e circondò il suo braccio con entrambe le mani, appoggiandosi al suo fianco.

«Ho fatto bene a permettere che si conoscessero, no?»

chiese Veronica, ancora molto sospettosa nei confronti dell'ex marito.

«Sì» sospirò Linda, che aveva i lucciconi agli occhi. «Per Riley, più che altro.»

«Tranquilla, se Owen sgarra se la vedrà con me» disse l'ispettore Mulberry. «Con tutto quello che ho fatto per tirarlo fuori dai guai...»

Linda gli lanciò un mezzo sorriso. «A proposito... chi diceva che certi metodi sono da dilettanti? Aspetti, aspetti, non mi viene il termine che ha usato... ah, ecco: una pagliacciata!»

«Wright, non giochi troppo con la mia pazienza. Questa storia mi è costata una frattura al naso e un richiamo dai miei superiori per metodi poco ortodossi. Il primo richiamo in tutta la mia carriera.»

«Però ha arrestato il vero assassino» osservò Emily. «Ispettore, è un eroe!»

«Ma quale eroe ed eroe! Vado a casa, mia moglie mi aspetta per reggerle la scala mentre cambia le tende.»

«Uhm, il riposo del guerriero...» scherzò Linda. «Non me l'aspettavo in veste di perfetto uomo di casa.»

«Per chi mi ha preso, per un troglodita? Guardi che passo sempre l'aspirapolvere. E lavo anche i pavimenti.»

«Una miniera di qualità nascoste, insomma!»

«Gliel'ho già detto: l'adulazione non attacca, con me.»

«Ho detto nascoste... molto ben nascoste.»

Emily ridacchiò, mentre l'ispettore le lanciava un'occhiata fintamente seccata, come a cercare il suo sostegno, e lo salutò con la mano mentre si allontanava.

Linda guardò Veronica, che guardava Riley con un misto di preoccupazione e orgoglio. «Ti faccio compagnia mentre loro due recuperano un po' del tempo perduto.»

«Vado a prendervi una cioccolata da asporto di quelle buonissime, fatte da Roxi» si offrì Emily, lanciando un'ultima occhiata a Riley, che dopo l'imbarazzo iniziale stava sorridendo a suo padre. «Però poi vado, ho una cosa molto importante da fare.»

«Cosa?» chiese Linda, curiosa.

«Spiegare al nostro meccanico preferito, il povero Phil, che i fantasmi non esistono!» esclamò Emily, correndo via.

Zio Orville nei suoi taccuini diceva che il talento vero del detective non era dimostrare la propria intelligenza rispetto a quella dei criminali. Non era seguire le prove, interrogare i sospetti o capire cose sconosciute a tutti. Il talento vero del detective era trovare e saper riportare la verità, riparare i torti e aiutare gli altri. Emily sorrise soddisfatta. Sì, anche questo era un compito per lei. Un compito per l'Agenzia Investigativa Wright.

Epilogo

«Mamma...» sussurrò Emily, deglutendo. Forse poteva provare a parlargliene. Non era ancora così grande, dopotutto, da non avere più bisogno dei consigli materni. E poi, Theodora, la sua unica confidente affidabile in fatto di questioni di cuore, era tornata al suo collegio esclusivo, e nonostante le chiacchierate via Sms non era come averla vicino.

«Dimmi, tesoro» disse Linda, versando la tisana serale in due tazze a righine colorate.

«Ecco, se per esempio prima o poi dovesse piacermi qualcuno, come farei a sapere che mi piace per davvero?»

«Ti piace Riley, vero?» chiese Linda con un sorriso furbo.

«Mamma! Ma cosa dici?!» si affrettò a negare Emily, cercando di nascondere dietro a una risata il rossore che le era salito al viso.

«Emily, si vede! Quando sei con lui ti viene lo sguardo così...» disse Linda congiungendo le mani, spalancando gli occhi e facendo la bocca a cuore. «E poi ti viene una voce così, tutta alta e *piripì piripì...*»

«Mammaaa!»

«Emily, è normale! Me ne sono accorta quando hai iniziato a sorridere all'improvviso, senza ragione. Poi ci sono stati dei giorni in cui ti rabbuiavi tutto d'un tratto, come una nuvola temporalesca... Una mamma sa riconoscere certi segnali. Soprattutto una mamma detective! Allora, sì o no?»

«Ehm, forse un pochino...» Emily fu colta all' improvviso da un atroce dubbio. «E secondo te se n'è accorto anche lui?»

«Emily, una delle prime regole negli affari di cuore è che tutto è sempre chiaro a tutti, tranne che ai diretti interessati.»

«E comunque ha iniziato lui, perché ha detto a Jamie che gli piacevo, ma poi ha praticamente smesso di parlarmi.»

«Tipico, tipico! Comunque lo sapevo, l'ho detto subito che ti faceva gli occhi da triglia, così, fissi fissi...»

«Macché, è perché è miope, te l'ho già detto!»

Linda scattò in piedi. «Accidenti, e adesso cosa faccio? Io sono la tua mamma! Cosa dovrei dirti, di seguire il tuo cuore? O di non provare nemmeno a stringere la mano a un ragazzo fino ad almeno, che ne so... diciotto anni? No, anzi, ventuno forse è meglio... Ecco, non sono preparata!»

Emily ridacchiò. Il bello di certe situazioni nuove era che a volte erano nuove un po' per tutti.

«La mia bambina!» esclamò Linda, avvolgendola in un abbraccio.

Emily socchiuse gli occhi. Le sembrava di essere in una situazione da grandi, ma si sentiva anche un po' piccola, in quell'abbraccio. E molto fortunata.

«Mamma, non stritolarmi, così mi fai vedere le stelle!» scherzò.

E un pensiero andò al papà che aveva avuto per troppo poco tempo, e a zio Orville che non aveva mai conosciuto. Tutto quello che era successo e stava per succedere era grazie a loro e a causa loro. Era seguendo le loro orme e continuando la loro storia da dove l'avevano lasciata che Emily stava diventando grande.

Chissà se da qualche parte la stavano guardando, e se erano contenti della loro piccola, grande detective.

Indice

Referenze iconografiche e crediti fotografici:

© 2013 Walter Menegazzi, per le foto di pagg. 11, 25, 39, 55, 81, 123, 133 e 145.

Spacious hall in the magnificent house (42674914) © photoff, Used under license from Shutterstock.com, per la foto di pag. 69.

Home office luxury interior with green walls and wood (108493166) © Artazum and Iriana Shiyan, Used under license from Shutterstock.com, per la foto di pag. 97.

English countryside, quaint cottages (56294014) © St. Nick, Used under license from Shutterstock.com, per la foto di pag. 107.

Courtyard entrance (1838650) © Jo Ann Snover, Used under license from Shutterstock.com, per la foto di pag. 161.

Finito di stampare nell'agosto 2014 presso
Grafica Veneta S.p.A. – via Malcanton, 2 – Trebaseleghe (PD)

Printed in Italy

me, mum & mystery

Scopri le altre avventure dell'Agenzia Wright!

1. Detective per caso

2. Caccia all'uomo scomparso

3. Il caso dell'elefante d'avorio

4. Il mistero della stanza n.11

5. Una fiction in giallo

6. Indagine al faro

7. Brivido a Halloween

8. Scacco matto a Blossom Creek